格致文库

午梦斋题画

刘二刚

著

山西出版传媒集团

北岳文艺出版社

BEIYUE LITERATURE & ART PUBLISHING HOUSE

·太原·

图书在版编目（CIP）数据

午梦斋题画/刘二刚著．—太原：北岳文艺出版社，
2019.1
　（格致文库）
　ISBN 978-7-5378-5747-5

　Ⅰ．①午…　Ⅱ．①刘…　Ⅲ．①散文集—中国—当代
Ⅳ．①I267

中国版本图书馆CIP数据核字（2018）第250252号

书　　　名：午梦斋题画
著　　　者：刘二刚
责任编辑：庞咏平
书籍设计：鸿儒文轩·书心瞬意

出版发行：山西出版传媒集团·北岳文艺出版社
地　　　址：山西省太原市并州南路57号
邮　　　编：030012
电　　　话：0351-5628696（发行部）
　　　　　　0351-5628688（总编室）
网　　　址：http://www.bywy.com
E－mail：bywycbs@163.com
经 销 商：新华书店
印刷装订：北京中华儿女印刷厂

开　　　本：787mm×1092mm　　1/32
字　　　数：95千字
印　　　张：5.5
版　　　次：2019年3月第2版
印　　　次：2019年3月北京第1次印刷
书　　　号：ISBN 978-7-5378-5747-5
定　　　价：45.00元

目录

001   题画

003   操守常性（代序）

          ——二刚先生

008   淡泊滋味长

          ——刘二刚访谈录

034   二刚题画跋语

081   二刚题画诗

102   理诗与题画

109   莫忘题画

115   题画，另一门道

121   题画杂说

131　　高士与高士画

137　　画画十难

140　　《六果图》记

143　　论"写意"

147　　美丑正名

149　　说"逸"

153　　偷些漫画本领

157　　学书我趣

161　　一闲对百忙

167　　闲章拾趣

题画

世界真奇妙，到老才知道。

画可梦中得，山水任意筑。

人物忘朝代，楼台听布局。

风静月常明，春归花不落。

微尘有大千，庄谐伴狂墨。

异域来几时，未辨趣已足。

此趣能养生，题跋更补白。

欲问孤意旨，禅机与一笑。

獨詣司　求於己　獨賞　罕逢其人

刘二刚　独赏　69.5cm×17.5cm　纸本设色　2012

操守常性（代序）

——二刚先生

二刚先生六十岁在中国国家画院举办画展，取名为"天高云淡"，其意能以道味之。

天授二刚先生静笃常性，他能操守这种常性，乐于闭门悟得，淡漠机关人事。其人历经风雨，别来无恙；其艺百炼千锤，一如文火煨汤，渐入佳境。

二刚先生以常性寄情画中，自能胸次旷远，妙意径直于笔底涌出。二刚先生素重骨法、气韵，笔墨落纸，满目云烟。如果把绘画作语言解，二刚先生的画作自出一家，法式与时风泾渭分明。我和林海钟在泰国，能从数以千计的画里一眼认出二刚先生作品，仔细一看，竟是赝品。

悉数近现代能跋画者，不过齐白石、丰子恺、韩羽、刘二刚、朱新建。二刚先生所跋，化释、道、儒为一炉，文画相生相谐，如鱼得水，浑然天成。我曾为二刚先生策划过一个展览，平头百姓、商贾老板、机关干部都能欣赏他的绘画。当下各行各业都追求经济效益，人心浮惶，看二刚先生的画，能清凉去火，给精神按摩。

不管我们多么忙碌，只要看看二刚先生的画，仿佛门外真的是一片天高云淡。

怀一

刘二刚　各看各的风景　28.2cm×34.4cm　纸本设色　2012

富貴榮華
不得求一日三餐
圖自由有伸脚處
且伸脚得縮頭時且
縮頭日出而
作日入息
却話今事
又幾收

豆棚閒話

刘二刚　豆棚闲话　23cm×137cm　纸本设色　2012

淡泊滋味长

——刘二刚访谈录

按：2010 年 7 月 2 日白爽到南京造访刘二刚寓所，以下是白爽整理的访谈，从中可大致了解到刘二刚先生的艺术思想和创作经历。

白：我在中学时代即知道刘二刚先生的大名，可谓神交仰慕既久。与之当面请益，则是最近的事情。及见刘二刚本人，与先前我在观其照片时留有的印象并无二致，只不过那是他十余年前的照片了。有的人是拿生命换艺术，艺术获得成功之时（有的还未成功）生命就被快速地消耗掉了，如徐悲鸿等；有的人是以艺术养生命，兴到挥毫，以寄情怀，如齐白石等。刘二刚的貌相起码要比他的实际年龄年轻十岁以上，他应该是如齐白石者。关于我的这一臆断，在稍后的访谈中果然也得到了印证。

刘二刚告诉我，其画风的雏形，在三十岁以后就开始酝酿，主要是考量年迈之际依旧能以挥毫为乐。他的这一见解，无疑是直入中国传统文化堂奥后的结果。刘二刚的画，强调的不是形，不是建立在新中国成立后美术界主流所倡导的理念之上。而是依据个人心性，遵循了传统文人画的写意传统和观念，求神、尚简、求韵。刘二刚画作中的一切，均是自我心灵的回声，这回声很容易引起解人的共鸣。他画中朴拙的形象、童真的况味，似乎在召唤着被裹挟在疾速运行中的我们去选择返璞归真。

白：刘老师，您好。您一直是我敬仰的画家，今天能当面向您请益，真是感到很高兴，首先感谢您能在百忙之中接受我的采访。您能否先向我们介绍一下您早年从艺的经历，以及在这一过程中，有哪些人和事儿对您此后的艺术生涯产生过比较重要的影响？

刘：这有一篇我十年前的自述：画画于我，只是小时喜欢，我曾用大人的香烟纸反过来学画火柴盒上的老渔翁钓鱼和京剧鬼脸，大人夸好，便愈来劲。在我家的那条巷子里有个画照相布景的人，我很羡慕他家有那么多的颜料。1958 年，赶上"大跃进"，大街小巷到处画壁画。十三岁的我，也向居委会要了一桶石灰，几盒"三花粉"，尽画些夸张吹牛的画。记得有《坐在花生上打秋千》《肥猪比象大》《火箭赛月亮》等，觉得画画很好玩。

1959年，我辞学进了镇江美术公司当学徒。不要以为我怕上学，我在班上的成绩可是数一数二的；或是因家境困难，也不尽是，大概就是"缘"吧。这一步决定了我今后以画画为生的道路。

我对数字的东西很迟钝，而对色彩、造型接受能力很强。很快，我就能够独立绘制广告、布景、伟人像了。一日，我偷偷出来看电影，影片是《画家苏里科夫》，看后很激动，便开始注意《新观察》等杂志上介绍的苏联油画，又自做了一个油画箱，每当下班或是星期天，便带着干粮行于郊外或江滨对景写生，做画家的梦。

四年后，我调至镇江国画馆。馆址原是一个私人花园，有茅亭、紫竹并鱼池杂木，庭院清幽，常有乡贤文人往来，受他们的影响，我开始学古诗文，每日背诗、临帖，但对古画尚看不懂。一日，上海画院和江苏画院的画家到镇江，得亲见林风眠、丰子恺、谢之光、亚明诸前辈写字作画，大开眼界。日后遂边临古画，边搞创作，亦常参加省市画展。

1966 年，轰轰烈烈的"文化大革命"开始，我又画漫画、画宣传画、搞油印木刻，对文艺充满了革命的激情。后来见到自己曾崇敬的前辈、画家被批判，又亲见武斗、流血，惨不忍睹，在闹哄哄的高音喇叭声中感到茫然。

1971 年，国画馆解散，我被分到一家无线电元件厂当钳工。接着到处大抓"五一六"，我也白白吃了苦头。我不甘丢下画笔，努力争取画画的可能。不久，便被借到江苏人民出版社画宣传画、插图和连环画。一时也发表了不少作品，所作《农忙托儿所》选入了全国美展，对我促进很大。其间"南艺"招生，我亦报名，那时考试重家庭出身，命运多舛，门墙终未得进。从此发奋自学，早起晚睡，必欲争口气。

1978 年，镇江恢复国画馆（后改名国画院），我回去后，又重做起画家的梦。但时风浮华，无处不讲学历和文凭，也罢，我一头钻进故纸堆里，唯齐白石精神支撑着我。除了读书画画，每年我都出门远游，我羡慕徐霞客，亦独来独往，对石窟、古寺、古战场别有一番痴情。印象最深的一次，是雨中独上雁荡山莲花洞。回听山下"观世音圣号"，凄凉的声音在群山空谷中回荡，一时酸楚涌上心头……我思索人生，更思索自己的绘画语言。

1986 年初春，我 39 岁在江苏省美术馆举办了第一次个人画展。那时不收租场费，馆长徐天敏很重人才。展览得到多方面鼓舞，我心里有了数。归来后，暗下决心，要认真补读"十年书"。

1991年，我在北京中国画研究院举办了第二次个人画展，结果出乎意料，不少未见过面的同仁都来捧场，荣宝斋给出了一本集子，研究院及台湾收藏家收藏了我的作品。有人说我找到了自己的艺术语言。其实我自己有数，我离我定的目标还很远，我的画尚有许多矛盾待解决。

1992年年初，我调入南京江苏美术出版社《江苏画刊》当编辑。当时吃住都在办公室，别人以为我改行了，岂知我在体验着人生又一份阅历。我怎能放弃我的绘画呢。

1999年年底，调入南京书画院，又从事起专业书画创作，职称为"国家一级美术师"。

白：从您的一篇文章中知悉，您在求学方面是"小学没毕业"，一个连小学都没毕业的人，能成为当代有代表性的新文人画家，这是否说明了您在绘画方面是一个天才式的人物？

刘：这主要还是我个人的兴趣使然。很多人说文人画可谓中国画的极致，你为什么会选择这样一条艰辛之路，这不是自讨苦吃吗！的确如此，因为文人画牵涉的东西很多，比如诗书

刘二刚　观云变化　28.2cm×34.4cm　纸本设色　2012

画印都要有所了解且还需要达到一定的高度、一定的修养，其他画种就没如此多的要求。

兴趣很重要，文人画这种载体适合我的兴趣。从中能获得一种心理平衡，每个人活着都要做一点事情，我选择的是一条可持续性发展的路，年轻时我就想如到老了，眼花了，路走不动了也能画下去。文人画创作已成为我现在的一种自觉的生活方式。

我对自己有自知之明，我的社交能力差，不善言辞，与人交际一不留神往往还把人得罪了。另外，我怕求人，最怕求当领导的人。我到南京书画院工作已十年有余了，文化局大门一步还没踏进过，也可以看出我的禀性。我的所思所想所求，唯有借助我的画来表达倾吐。我最推崇的画家是齐白石，这位老人就善于在纸上获得一种心灵互补，遇到了不快的事，他不会在现实生活中大发脾气，他把怨气宣泄于纸面上。比如他在一幅人物画中题上"人骂我，我亦骂人"，着实痛快。由此可见，文人画是一些画家自身的需要、生活的需要，也是画家本人自我修炼、自我完善的需要，从某种意义上说文人画创作更在乎"小我"的修炼。

专业美术院校是教不出来文人画家的，他们多重技术而轻意趣，文人画家是把写写画画当成一种生活，就像"饥来吃饭困来眠"一样，反映的是一种心态。是以一种自然的状态抒写日常生活的世态炎凉及悲欢离合，诗书画印的结合，需要长期的磨合，还需要一点天赋的感觉，就像郎朗弹钢琴一样。（插话：这种感觉是天生的吗？）这很难说清楚，严羽的《沧浪诗话》中讲道："诗有别材，非关书也；诗有别趣，非关理也……"这句话虽然谈的是诗，然而一切艺术、一切工作获得成就的人，大略都是"别材"。然而严羽接着还讲道："然非多读书，多穷理，则不能极其至……"光靠才气是不行的。读书就是不断地增益个人的文化修养，这一点比较容易理解。而穷理，就是要把一件事物的来龙去脉弄出个所以然，这又不仅仅需要书本知识，还需要实践的功夫。

　　有一段时间，我对汉魏六朝的碑版书法着了迷，比如《开通褒斜道刻石》《石门铭》《杨淮表纪》等成了我魂牵梦萦的东西。我就想知道这些石刻究竟是什么样子，正好我们画院每人都有一点写生费用，我就以此为盘资一个人由秦岭到陕南张良庙，再到褒斜道，费了许多艰辛才到了褒斜道后，结果发现因20世纪60年代为了修建水库，这些刻石原来的所在地全被淹掉了。当地人告诉我，当时周总理曾专门下指示将这些刻石切割下来送往汉中博物馆保护，由是我又赶往汉中，在汉中博物馆终于亲见了这几块汉魏刻石。只看印刷品拓片，不看原石，对这路书风的理解就有失感觉，待看过原石后，再查史料，感觉自然会大不同。我的这次访碑经历可以说是一次穷理吧，当然内在的因由是由个人兴趣作为支撑的。

兴趣是最好的老师，当你对一件事物发生浓厚兴趣的时候，你就会孜孜矻矻地去钻研去探究，最终就会表现出"天才"的一面。

白：现在只要一提到您就会想到"新文人画"，"新文人画"这个概念是谁最先提出的，其时的社会背景又是如何的？

刘："新文人画"概念的提出大抵始于20世纪80年代中期，当时正值美术界的"85新潮"时期。在西方现代美术思潮大量涌进的时刻，在我们的本土上也有一种风格与之相对应，这是"新文人画"产生的社会、时代背景。首先提出"新文人画"概念的是陈绶祥先生，其时他供职于中国艺术研究院美术研究所，当时研究所的每一位研究员都有个人的研究课题，陈先生所选的研究课题正是"新文人画"研究。

1993年我参加了中国艺术研究院首届"中国画名家研修班"，陈绶祥在课堂上坚持捍卫中国文化艺术，推陈出新。如谈文人画"移步不换形"，而不是"换形不移步"，谈中国画的"写生"不同于学院模特的"写死"，"石分三面"应为阳面阴面还有一个是生面，等等。他把我们平常习惯性的视角重新放到理论上来谈，使人眼前一亮，哦！原来还可以这么去看。在谈佛教的"色、想、行、受"时，他以东方的经典为尊严，指出西方的"我是谁，我从哪里来，我向何处去"的思考，本在我们东方早就提出来了。他把"禅境""大化""我"融入到艺术中谈，在不经意中给人智慧。我以前有一种困惑，觉得自己数十年的学画功夫，非要得到官方的认可才是。将困惑向外找，这"我"字就压抑着，被动着。后来我明白完全是一个心态的问题。于是我画了幅"各人头上一方天，互不干扰似神仙"，把执着化为圆融，下笔放松，笔墨精神也随之自如了。

现在当人们讨论"新文人画"的时候，往往喜欢议论"新文人画"画家的组成是否是一个流派？其中有谁、没谁？我觉得这都是一些无关紧要的。"新文人画"创作群体其实就是一群喜欢传统文化、喜欢画画的人在一起，互相取长补短而已。从"新文人画"概念的提出，每年搞一次展览，一共坚持了十年，这也是很了不起的一件事了。当然，没有参加展览的，依然默默从事"新文人画"创作的也大有人在。

在当今美术界，各种风格流派所持的审美标准各有不同，因此价值取向也不尽相同。郑板桥论艺以为好的标准就是"当"，确当的当，他说"求精求当，当则粗者也精；不当，则精者也粗。"创作好比穿鞋一样，一定要根据自己脚的大小，穿与之相合适的鞋子，这才会有真性情。

在当下，更多的画家是以时尚作为价值取向，比如哪一类型的画能在市场上走俏，哪一类型的画能在展览中入选、获奖，类似的价值观对一位画家来讲无疑是在走进了一个误区，或言是怪圈。我惊异某些画家的"能力"很强，他既能应付展览，又能讨好市场，十八般武艺样样精通。（插话：您年轻的时候能力也很强呀！水彩、油画、国画、连环画、宣传画、年画都能一试身手。）是啊！但我很快明白了一个道理，就是"当"的问题。关于绘画，我主要是靠自学，在最初的时候很大程度上带有一种盲目性，我之所以在各类画种上都尝试过，目的就是寻找一条适合自己、属于自己的创作之路。只有学会放弃，才有可能。

没有老师教我艺术之路该如何去走。（插话：江苏美术界的前辈对您没有过指点吗？）那当然是有的，像亚明、林散之、陈大羽等都有过交往，但这些前辈对我主要是鼓励鼓励，具体的创作之路主要还是由我自己来选择和把握。实际上，老师给你指明的路，多是他的经验，他认为的成功之路。然而，对于自己有多少意义？郑板桥所主张的这个"当"字值得我们深入思考。

刘二刚　海边吃火锅　纸本设色　2012

白：我发现"新文人画"类型的画家和作品在野的意味很浓，在当代的美术创作格局中，绝对不是一种主流的形态，那么您个人认为"新文人画"在当代的美术创作格局中所处的是一种什么样的位置？

刘："新文人画"正是从被扭曲了的艺术误区中走出来的产物。我曾在《艺术探索》中写道："'新文人画'的主要意义：一是在题材上从六七十年代'艺术为政治服务'的口号下解放了出来；二是从用西药误诊中国画的现状重新回到了中国画的本体上来思考；三是在文人画理论基础上将个性和造型提到了一个新的位置。"现在回头想想，在当时确也红火了一阵，在美术界产生了较大的影响，但在社会上，在"正式"场合，它的位置又是那么轻微，值得分析。

一、从态度上看，在愈来愈激烈的社会竞争面前，各种画家画派纷纷出来，"新文人画"画家崇尚的是祥和、宁静、淡泊，他们不那么剑拔弩张，也不积极进取，投其所好。表面看起来好像是在"玩"，实际是以画来做内心的修炼。他们的生活过得不算差，但也不想大富，当遇到矛盾和困惑时，采取的只是"今日且不与你论长短"的态度，任人评说，不争，也有点懒散。

二、从作品上看，他们的创作多是身边即景、即兴。对大好山河偏爱空濛、幽静与闲花野草，其表现手法多重笔性墨趣，看他们的画好像夏天喝了一杯凉水，顿时节奏放慢了，与火热的生活成了反比。这些画与巨幅而带有政治意义的全国美展作品相比确实显得微弱，与"现代水墨"视觉冲击相比也缺少震撼力。他们的画大多只适合放在书斋、客厅或口袋中把玩，好在艺术市场化了，在买家的眼里颇能看好，但也有看不懂的，怀疑这些画家将来能不能增值？

三、从行为上看，这些画家多想的是自由自在，凭兴趣而画画。他们对头衔、奖牌之类的东西无所谓。有人说是清高、有人说是阿 Q。他们邀集办展多带一种感情味，除此之外，找些机会寻山看水，不然就关门在家吃茶看画，各得其乐。尽管各人个性不同，生活境遇不同，有人画风粗犷，有人画风淡雅，有人尚繁，有人尚简，但总体上给人的印象是"悠闲派"。

不去竞争，不去迎合，只图悠闲的东西自然在社会上无足轻重，官方能允许生存已是幸运。也就谈不上什么"主流"。

不管怎么说，在当下多彩的生活中，"新文人画"的这种精神状态，也是一种自觉的生活方式，我们应把它当成一种文化来看，自然有它的益处，至少它可以调剂我们躁动和烦恼的生活。在世俗看来，风风火火才是成功，无炒作或稍有冷落马上就觉得没戏了。其实艺术上并不是那么回事。方增先先生在上海座谈会曾乐观地说：现在有几万人在搞"新文人画"。我没有调查过，但我相信有潜力者大有人在。过去每年一次的"新文人画"展参加者每次最多二三十人，虽然这批朋友不少都出了大画集，有的名气已不小，应该说沾改革开放的光，此时反思一下也不妨。从历史的角度看，大浪淘沙，新陈代谢，谁也不能说已经成功了。

白：很多人对"新文人画"的画风与画家提出过质疑。其中的一种意见，就是以"新文人画"画家同"老文人画"画家互相进行比较，认为当代的"新文人画"与传统的"老文人画"两者间创作水准的差距很大，对于这种质疑，您的看法是什么？

刘：文人画的主旨是重在自我人格、自我性情的发挥。所谓的文人画家并非是专业画家。与专业画家相比，文人画家更注意对自我意识的抒发。文人画的鼻祖可以上溯到王维，"诗中有画、画中有诗"，历来是文人画创作追求的极致，这一传统在文人画的发展中也不断地发展着。从唐代到宋代，再到元代的倪云林又把文人画创作推向了一个高峰。倪云林主张作画逸笔草草，写胸中意气。这种提法本身没有错，但容易被人误读。倪云林以后，文人画在发展过程中，有的画家对画中的主体真是"逸笔草草"了，画之外的题识成为画中的主体，反而将画的本体大大减弱了，使文人画沦为一种游戏。再往后，文人画又有流于程式化的倾向，尤其是《芥子园画谱》面世后，这一倾向更加显著。比如画兰花，一笔起手，二笔交凤眼，三笔破凤眼。如此一来程式化日益成为阻滞文人画发展的一个弊端，这显然不符合艺术创作的本质规律。程式化好的一方面是将有关画画的技术用口诀式的方法总结出来以利于初学者入门，不好的一方面是将画画变成一加一等于二的事情，令艺术创造的魅力荡涤殆尽，这在真正的大家心中是清楚的。

"新文人画"是在传统文人画的基础上衍生出来的。"新文人画"的提出好在是在那特定时期，提出要重视传统文化以及作为一个画人的心态。至于修养、技术等，当然都有待提高，时代在变，齐白石说"一辈子没有画过吴昌硕"，实际上他已超过了吴昌硕。这就是继承发展。

"新文人画"与"老文人画"没有必要对立起来比较，要比个胜负，其实大可没必要。"新文人画"是很尊重前辈文人的，底气有限，有些是没有办法的，人家正在读四书五经时，我辈年轻时在忙一个个运动，光阴似水，所以我说要补课。"新文人画"现在并没有定局，还有日子。我们也没必要把"新"

字来遮丑，一张画问世，说好说坏就都是人家的事了，作为研究，这里面还有许多具体的事。

在精神上我曾是把尼采与庄子联系起来谈个性的、进取的和超脱的、致大的。文人画不仅是文，还要讲风骨。不戚戚于贫贱，不汲于富贵等等。在形式上我觉得梵·高、高更、夏加尔、卢梭等都有可借鉴的，像毕加索对立体空间的剖析，我就想到我们的平面构成的汉画。"人大于山，水不容泛"不也很有趣吗？形不怕散，只怕意不周。

为什么而画画？画画为什么？怎样去画？各人都有各人的想法，真情就好。我们应该看到，随着时间的推移，一批有才智、有眼光、有朝气的青年画家正在兴起，他们重视笔墨、重视文学修养，重视做人的品格，不亦正是"新文人画"的路么。而一些人累了，歇歇也是正常的。倒是那些旁观者，最喜欢是你们不断地热闹、炒作、爆出新闻。那还叫什么"新文人画"，那叫伪文人画。

文人画已发展了一千多年，我相信它不可能在我们这一代就断了，不管社会发展到什么时候，多么激进、现代，"新文人画"不是提倡不提倡的事，它是人们现实生活中精神的需要。"新文人画"还很年轻，好戏才开始，不妨再过十年二十年看看。

我个人觉得，"新文人画"在当下的文化格局中要寻求突破和发展，需要将视域拓宽到民间艺术中去寻求某些可资借鉴的元素，来强健"新文人画"的体格。比如在文学方面，诗词歌赋的发展多是在借鉴了民间文学，如敦煌曲子等。同样，这一理论也适合"新文人画"的发展道路。实际上，无论哪一门艺术在发展的过程中都存在两个系统，也可以讲是两个传统。也就是说，一个是文人化的传统，一个是民间化的传统，两个传统从来是并行衍进、相挈发展的。文人化的传统很熟练很精美，但熟练精美之后，就有流于程式化的倾向。民间化的传统，多是不完善不完美的，正因为不完美不完善，其中蕴含了某些有生气有生意的东西，故而能够补益过于熟练、程式化的文人化传统。比如我写字，就喜欢汉魏六朝时期那些不太成熟的造像摩崖刻石，像龙门石窟中，每一造像下方的题字，多是记些造像为何人所建、何人出资等，全是民间书手书写凿刻的，看起来歪歪扭扭，与文人书法家的书迹相比无疑是粗糙不堪，但这一粗糙中凝聚着一种生机勃勃的活力，这一活力正是文人书法家所欠缺的。还有，像敦煌壁画，我喜欢魏晋时期的，唐以后的就显得完美而柔弱了。总之，我喜欢朴拙有生意的东西，"熟中求生"是我在"新文人画"创作中时时提醒自己的。

刘二刚　火候快到　35cm×34.5cm　纸本设色　2012

白：有人评价您的画作其间蕴含着一种漫画的意趣，而这一意趣主要是借鉴了丰子恺漫画作品的一些语素，您认为这一评价是否准确？在我看来，您的画作中确有某些漫画的韵致，于此您是有意为之，还是无意得之？

刘：前面我已经谈到了，"新文人画"要继续向前发展，要汲取民间艺术的营养作为有益的补充。其实，民间艺术是很广的，只要有益于"新文人画"创作的发展，都可以拿来为我所用。对于借鉴漫画创作的语素，我是不回避的，漫画创作中很多东西可以引为"新文人画"创作的营养。

我借鉴丰子恺的画风，主要撷取的是其画中夸张的手法，以意夺人。同时我在笔墨表现方面有所强调。笔墨是一种内在的东西，对笔墨的探求永无止境。中国自引进了钢笔、圆珠笔，在加快速度这方面的确是实用了——也只是实用而已。如将钢笔书法提高到美学上看，是怎么也比不上毛笔的。今人又欲以电脑代替硬笔，甚至要代替绘画。科技的迅猛发展，"人"都可以造得出来，笔墨还有什么可说的呢！但是有一点，笔墨中的情感变化科技是永远造不出来的。石涛谈笔墨较深透："写画一道，须知蒙养，蒙者，因太古无法，养者，因太补不散……未曾受墨，先思其蒙，既而操笔，复审其养。"他将笔墨与天人连成一个整体来谈，笔墨就不是一个单纯的技术表现了。"先思其蒙","复审其养",我领会就是意在笔先，胸有成竹，情绪充盈，然后心传手，手传笔，笔运墨，这样的笔墨将是有生命的笔墨。各人的情绪不同，对天地万物的感受不同，因此，笔墨也没有到头的时候。将漫画引入中国画，丰子恺是首开风气的，可他在笔墨表现方面没有尽善，所以我想借助丰子恺画风成功的部分，弥补丰子恺画风缺如的部分，走一条属于自己的路子。

齐白石绘画作品中，有的也有漫画的意味，即采取了夸张的手法，读起来别有韵味。运用漫画的夸张手法，就是对形象进行有效的夸张，进而使这一个人的形象表现得更为传神。在文人画创作中借鉴这一漫画手法，不同于报纸杂志中的一般意义上的漫画。要注意的是对"度"的把握，一过分很容易流于油滑与丑陋，漫画创作看似简单，实际上并不是人人都能玩的。夸张前的立意与取舍是关键。

白：对于全国美展体制您有哪些评判？像当代"新文人画"这一小情趣的画风，肯定无法驾驭比较大的题材，这应算是"新文人画"的一个局限吧！对此您的看法是什么？

刘：我对全国美展体制没有评判。一件美术作品的价值不能以大小而论，大作品有大作品的功能，小作品有小作品的功能。就像《庄子》里面讲的鲲鹏和蓬间雀，那只巨大的鲲鹏一年只飞两次，一飞就是千里之外，但它的起飞与降落需要两天；而那只蓬间小雀虽然飞不高飞不远，可它飞来飞去很自由，不受任何约束。以此为例，就能说明大有大的好处，小有小的妙处。

从事艺术创作，就是一个求真的过程，以表达内心的真意为上。如果一个画家喜欢挤进主流，以表现"主旋律"为快乐，这也无可非议。如果一个人并不适于这条路子，为了获得某些世俗化的附加值而选择了这条路子，那么他从艺的心态就值得考量，这其中是否包含了扭曲的虚伪的部分？因为他所在画中表现的东西，未必是他本人内心喜欢的东西。因此在当下的美术界，无论选择以"主旋律"为主导的创作路子，还是选择以自我雅玩式的文人画创作路子都是有得有失，主意自己拿，互相尊重、互不强求，至于谁的对只有让时间说话。

我也画过大的东西，只是后来我的内心更倾向文人画这一载体，唯于此中才能表达我的真性情。"文革"前，我画过舞台布景，当时的舞台布景分三层。第一层是画近景压脚，第二层是中景，画一株大树要剪贴用网吊上去，第三层是远景，远景的幅面就是整个舞台，不像现在打幻灯。还有"文革"期间，我们在大马路上刷大标语画宣传画，也可谓大了吧，这只能说是能力型的画家，关键在于个人重视，哪一方面愿不愿意去这么做。

白：您是如何看待个人艺术市场问题的？我在很多地方都见到过您的假画，对于这些假画，你所持的态度又是怎样的？

刘：我是有退休工资吃饭的。对于卖画我不拒绝，也不主动。自娱自乐，有人订画当然也是一个动力，但全听买家的就没意思了。画画是我的乐趣所在，是我的生活方式。吴冠中先生最近刚刚去世，他的一些观点言论，大家固然有所争议，但他对金钱的态度则是我们敬仰的。他的画卖得很贵，可是与他本人不相干，他的生活很简单，他去世前还住在一个很小的房子里，听说家里沙发的破损处甚至用胶布粘着。仅此，当今的"大画家"们有谁能比？现在很多画家在很年轻的年纪就为自己建一个美术馆纪念馆，或花园别墅，这样做就能流芳百世了？有点劳民伤财，浪费时光啊。

我的假画我也多次看到过，开始的时候还有点高兴，以为是有人对你画的重视。以后见得多了，心里就不是滋味了。曾经在北京的潘家园、王府井等地方看到自己的大量假画，之所以心里不是滋味，主要是因为这些假画画得太差，了解我的朋友知道这是假画，不了解的必然会认为"刘二刚的画原来画得这么差"，这是一个方面。另外一种算是高仿，等于我的劳动成果成了为他服务的工具，心里就不舒服。有热心的朋友要替我打假，说："借一次打假的机会炒作一下，如此新闻媒体必会报道，有可能通过打假还会使画价有所提升。"假如我想出这个风头，自己早就放弃现有的画风了。因而，有关自己假画的问题只能置之不理了。

针对我的假画问题，打假之类我哪有那些精力，我能做的只有在创作中有意增加自己画中的难度，另外我也尽量拒绝发表作品，发表出来等于为造假者提供资料，我的画仿个人物外型并不难，但题字和笔墨意味还是比较有难度的，造假者往往因为笔墨功夫不到而露出马脚。

白：最后一个问题，您的名利观是怎样的？

刘：名利任何人都是喜欢的，当然名要有好名，利要取之有道。对待名利要适可而止，现在想出名机会是很多的，同时也会带来不少烦恼，如果你成了公众人物，还能画好画吗？还自由吗？

对待名利，要有好的心态，这就是所谓的平常心。我从不同他人比，我只同自己比，我的现状比我以前好得多了，原来画画是为了谋生、为了吃饭，住的是危房，现在画画可以完全从自己的兴趣出发，而且衣食无忧，我的心里很满足。林散之说过"但与古人争一工"，把心思放在艺术上才会忘却那些闲事。

有的人在名片上印满了各种头衔，甚至正面印满了再印到反面，实际上这是一种心虚的表现。一个画画的人，还是应以画说话。真要同别人较劲，尽可以在纸上比，纸上的胜利既不得罪人也来得踏实。

以前有朋友为我算命玩，说我一生与当官无缘，事实上也是这样。上苍似乎决定了我此生只是画画的料子，我处事不圆，不善与人交际，我喜欢独来独往。是儒家思想让我在生活中懂得了取舍上进，道家思想让我的创作自由浪漫；而佛家的思想让我精神虚空清静，知足常乐。谢谢。

明月幾時有空庭一个禪

二剛

刘二刚　空庭一个禅　69cm×17.5cm　纸本设色　2012

二刚题画跋语

余画作未计其数，这里文字是从近十几年的题画中收录出来的。

或长或短，本应与画互补而看，现舍去画面，单看文字，似落叶离枝，让人去想吧。(题画诗另辑) 也是按照前人的做法，聊备一格。兹将所题时间、签名从略。

照镜图

我愁他也愁，我喜他也喜，老头看老头，何事最相忆。

客路相逢

客路相逢者，一看气宇，二看举止，始可同行。

华山一条道

尝游五岳，以太华最险。若一夫当关，而众人皆不得过，千尺幢下有"回心石"三字。

夜行深山

夜入深山里，恍觉有鬼神。此图昔年曾作，今又作，无所怕焉。

相马图

此马非凡马，房星是本星。向前敲瘦骨，犹自带铜声。借李长吉诗写此图，换得马士达先生印章两枚。

搔痒图

上些上些，下些下些，左些左些，右些右些，重些重些，轻些轻些，慢些慢些，快些快些，还是自己来罢。

下棋图

心机愈逼愈妙，抑之正以成之也。棋经如是说。

仙人下棋图

一局犹未了，世上已千年。与仙人下棋，不论输赢。人间招数用不上矣。

不肯下棋图

新建有三恨，其一下棋不如人，绥祥先生嘱将此画寄新建，余留自己看看。

南岳登高

云从脚下走，身在雾中游。一啸松风响，吹散昨日愁。

饲鸟图

不受嗟来之食。鸟亦有志乎。

耳边图

使人有当面之誉，不若使人无背后之毁。

萍水相逢图

来无意，去无踪，若有缘，更相逢。

纤夫图

纤夫迟迟惜残阳。深秋风扫落叶时节，绍兴归来。

山重水复图

疑无路。

问路图

不懂方言，奈何。

拐杖

一、此八十岁登山之物，壮岁写此，挂于案前，莫教一日荒过之。

二、用之则行，舍之则藏。此陶潜先生归去来之物，一千六百年矣。

壶公

一、白日俗气，晚上仙气。

二、壶中天地。时人不知，唯长房先生知之，仙人亦有知己乎。

醒睡图

众鸟皆睡，一鸟独醒；众鸟皆醒，一鸟独睡。画好一幅又画一幅，反其意耳。

杨柳桃花

杜少陵诗：媚人杨柳随风舞，薄命桃花逐水流。五柳先生不以为然。

乘凉图

一把蒲扇一杯茶，一个老头不说话。高卧南窗下，是非不入耳，明月如昨。

好风图

家中虽有空调，不及外面舒服。

游山图

你玩你的，我玩我的，不亦快哉。

看火候图

一、三人看火候，一人一个样。

二、火候快到。

教话图

有人来就说我不在家。（夫子教鹦鹉学话）

上树图

惹不起，难道还躲不起吗？（此图树下有一狼）

各玩各

我的这一套你行吗？又，我的这一套你行吗？（一人弹琴一人舂米）

云山图

云来山更佳，云去山如画，山因云晦明，云共山高下。倚栏望云霞，我爱山无价。借张养浩句，略易数字补白。

盆花

一日望三回，望到花时过。急坏看花人，苞也无一个。几日不看她，悄悄自开花。

仰望图

想说什么，不说也罢。

大块文章

五岳归来，一扫心中烦闷，感环宇无极，造化神工。下笔恍有金石之气。

太朴石

寰宇之内，无石不有，或方或圆，或奇或古。入于眼，化于胸，出于笔下，大块小块，难名是某处之石。或可名某处必有此石。

枯木小鸟

枯木竹石之趣，闲人得之。

千岛湖

湖上泛舟，遥想水下淳安旧城，或为鱼虾所居，明日更欲作水晶宫游。

秦人洞

误入秦人洞，奇闻说到今。

为主人剃头图

反仆为主。

二桃杀三士

二刚读史，有感古人之义也，晏子不仁。

晋谒图

守门人观其物而让进，不知更有二道门、三道门耶？

三人论道

一曰：人生在世功名耳。一曰：快活一时是一时。一曰：世间多少烦恼事，知足便是好日子。

无花果

余少年好尝无花果，今画无花果图，有感无花亦能结果哉。时年四十。

旅亭题诗

二刚

刘二刚　旅亭题诗　69cm×17.5cm　纸本设色　2012

一个老头

胡子加长，便是老庄。头发剃光，便是和尚。戴上纶巾，便是孔圣。

我明天给他添根手杖，路犬莫要以为是个讨饭的来。

石榴梅花

夏天画一半，冬天画一半，不是画得慢，当时情绪断。今日得好酒，再添一个大葫芦。

高山独行

高山无人到，我自与天语。

独木桥

一、我让君子，不让小人。

二、看你对峙到几时？

三、退一步与人方便，与己方便。

晒肚图

弥勒大肚也，郝隆大肚也，东坡大肚也。各肚货色同不。

孺子牛

齐景公爱妻亦爱子，尝伏地作孺子牛。孔夫子以为如何？

白石独坐图

众人都碰杯敬酒去了，齐璜先生独坐角落，无人问他，他也不去敷衍，心里可盘算着哩。十一月四日晚粤海大酒店画界大聚会得此稿。

登宝塔图

登塔也，一层一转，一转一境。闻有常人，才至塔半，烦恼已去，更上一层，名利渐空，及至塔顶，摩天接地，宠辱皆忘。此宝塔之宝之钬。

四君子图

梅、兰、竹、菊何惹人耶？人何封其四君子。今有大忌画四君子者，冤哉。

无弦琴

陶渊明不解音律，而蓄无弦琴一张，每逢酒适，即抚弄得其意，局外人知之乎？

入山图

意行偶到无人处，我被山鸡吓一跳，山鸡亦被我吓一跳。

同床异梦

曾是同窗，一个在朝，一个归山，严子陵非常人也。

下榻促膝图

汉陈蕃为太守时，尝置一榻，唯待高人徐孺子来，既退，榻则悬之。太守亦高人也。

吃瓜图

一个将瓜切成八角，双手捧而啃之，一个将瓜一刀两段，以条匀取而食之。方法不同，都下肚。

喜鹊梅花图

开窗见喜。

玩月图

天上一个月，水中一个月，杯中一个月，逝者如斯夫，而未尝往也。

梦笔生花

若不羡举业，梦笔何生花。

相约

相约在旧亭，说古又谈今。

松风飞瀑

一个观瀑，一个听声，各得其趣。

空山静坐

一株松，一个亭，一个宇宙一个人。

行旅图

已见青山到眼前，走过一程云又遮。

等云图

道家出门乘云，今日天空无云，且歇歇。

雪意图

小楼长夏，汗流浃背，夜不能眠。聊作三冬雪意图，寒山，枯木，冷光，可以解暑。

观云图

大贤观云，能测天下之运变；士人观云，却展鸿猷于未振；隐者观云，忘忧，忘我，忘机耳。

逍遥图

且不与你论短长。

拜石图

予画罗汉不成，改为石头，客曰：定是欲画"米芾拜石"。因在米芾身后增添众人一列拜石戏之。

悟空图

此幅简笔，一人仰观，客嫌空白多，遂题"悟空图"。客不嫌空矣。

空山响流图

游人到此，洗心涤俗，神清气舒，贫富不欺。

闻道图

上士闻道勤而行之，中士闻道半信半疑，下士闻道大笑之。老子曰，不笑不足以为道也。

群僧功课图

如果书上言都是，六祖如何不识字？如果文盲能成佛，世间几个似慧能。有口无心乃痴坐，咬文嚼字何时悟？日日功课远离尘，新人腰断眼发昏。丙子岁寒。

二人论道一人打鼾图

唯有知足人，鼾鼾睡到晓。唯有偷闲人，憨憨直到老。

夏云

夏云多奇峰，真假不可辨。人在江亭望，说时即又变。

笼鸟图

床前明月光，疑是地上霜。举头望明月，低头思故乡。借李白诗。

东坡睡觉图

我料坡公睡觉，大胡子一定是放在被窝外面的。请看此图。

猫鼠对峙图

只给你一秒钟。(右置一鼠笼)

又扑一空

吾闻凡大耳动物皆胆小而灵敏，凡凶猛动物天不给其大耳亦削其机智。老天公平也。丙子岁画小品十之一。

观假山图

今人多拒假物，唯假山可观、可品、可玩。

海边吃火锅

丁丑日暮，于海南岛吃火锅，聊发遐想，鱼虾都来，取之不尽。喜得斯图。

归来图

轿车坐坐，毛驴坐坐，国内看看，国外看看，毛笔一支，万事不难。新建陆逸新居补壁。

二人看风景

一人看东，一人看西，风景各异。

行旅图

住在山上嫌高，住在山下嫌嘈。住在山腰正好。

打鱼换酒

打鱼换酒，彼此不论钱数。二刚有感古风。

美人图

二刚画美人不美，画老头最来神。

百折不挠松

戊寅秋日写此多劫多难之松，与世间不屈、不服，不卑、不亢者玩。

饮酒图

人生如朝露，营营苦奔走。欲吐心底事，同上酒家楼。

刘二刚　梅妻鹤子　27.5cm×34.5cm　纸本设色　2012

老头照镜图

百金买大马，千金买美人，万金买华屋，何处买光阴。

古钱

把玩一古钱，不作贫富看。妙悟方圆理，顿觉天地宽。

二人饮

无钱难脱俗，有酒小神仙。

对景觅诗图

夫子展卷，对景觅诗，诗人往矣，景在何处。

高岩对话

安得攀云梯，坐危崖，避喧嚣，倾听世外高人是怎么个活法。

扶醉图

眼前无是非，足下有浮云，莫笑老夫醉，愈醉愈归真。

相见图

十年不见面，还是这个样。试问养身法，笑指腹中量。

倒骑驴

误认张果老，其实是呆汉。学着倒骑驴，凡事回头看。

观云图

老夫爱看雨后山，乱云相逗无纪律。

高岭独坐

高岭无人到，独坐我自尊。

孔方兄

何时看穿。（方孔中画一老头睁一眼）

桃花源图

误入秦人洞，豁然眼界新。云霞动仙气，丰乐有真趣，家家来相邀，老少皆礼遇。无争亦无事，守拙弃机智。奇闻说到今，不须考地志。

海边拣石图

放下又拣起，拣起又放下。白云天上走，潮起又潮落。世间如走马，小中能见大。

拜松图

松为百木之长，二刚木命，多请关照，写此图一拜。

山水图

山水有大趣，闲人可得之。云烟来供养，方位任意移。忘怀水经注，中锋时见奇。

清晨入古寺

一钵即天涯，随缘度岁华。有山便有寺，何处不为家。

寿桃

曾是麻姑植，天上到人间。持来庆甲子，人生返少年。为六十岁生日作。

小歇图

闹市归来，画三五笔秃树，着一个山人拄杖小歇，顿减几分尘累。

论道图

来来来，先吃茶。

松下邂逅

松下邂逅原无事，会意不问姓名谁。

风竹

人日怒画竹，逸画兰。二刚何怒之有，只爱她风雨声中，一派婆娑之状也。壬午岁寒午梦斋雨窗。

观瀑图

一、飞流出谷，惊心动魄，为建功立业者壮胆，为超尘脱累者消息。

二、一切都忘。

仰高图

噫吁嚱，危乎高哉！

松下高士

人言松下高士，又曰落泊闲人。心事谁能看出，名相凭君除乘。

古崖高士

古崖千余仞，独坐一高士。轻易不出门，能知天下事。

望江台

豪杰不生机事息，古今无尽大江流。

得财图

岂能尽如人意，但求无愧于心，毕竟阳光空气水，于人一样公平。

落日怀古

哲人日已远，古道照颜色。

登高

境界层上，一步一重天。眼前才是，马上又非。

老生常谈

古寺钟声，老生常谈。花开花落，流水浮云。

仰天图

天之苍苍，其正色耶？其远无所至极耶？二刚读庄子。

海外仙境

山岛林立，云烟变幻，非车马舟力所能见。二刚读《十洲记》，以意为之。

客至

主人简朴客常至，文案大雅茶益香。

山水如画

小亭险处设，瀑布险处挂，添上一段云，画面顿时活。

老僧独坐

看似在沉思，抑或坐禅工。忽听鼾声响，原是打瞌虫。

刘二刚　暮鼓晨钟　纸本设色　2012

天地为庐

千间瓦屋一张床，万贯家财三顿饭。见林荫有卧绳床自得者，有感作并题。

冬烘先生

布衣暖，菜根香，读书滋味长。

牵驴渡船

山一程，水一程，长亭更短亭。

入山图

始至若有得，稍深遂忘疲。

爬天柱山

该低头时得低头，得扬眉处又扬眉。(人在石缝中行)

闲庭信步

得失有忘心常惬，去来无碍自在吟。

相见图

相见之礼，古人作揖，今人握手，释家合十，洋人拥抱加亲吻。却忆非典时，洋法不可取。

回头看看

高峰回看，已入云烟，三分得意，七分感慨。

沙弥扫尘

浮云一念起，抬头日东升。

三人登高

相约看风景，登阶谁在前，谦来又谦去，一笑三个闲。

行吟图

昨日安身，今日安心，乐天知命，悠悠行云。

云山人物

人在何处，飘飘欲仙。

石隙野花

花萼开石隙，越无人识越安闲。

交杯图

昔孔融之于祢衡，忘年交也，韩愈之于孟郊，忘形交也，是知古人以才识相契，忘其年岁可也。

仙界之趣

二刚午起，聊拾山水未完之稿，加二人相呼，一人高卧，又一人袖手，又一人策杖，兴犹未尽，又写仙鹤并几枝桃花，略得仙界之趣。或曰：此人物画耶？山水画耶？花鸟画耶？

深山独步

高歌偶一曲，众壑响回音。

大王峰

昔游东南山水，有大王峰者，其貌伟矣，其势大矣，群山拱揖，二刚写罢于峰巅更写一人，快哉快哉。

松下老头

薄暮一老头，读书老树根。树老人亦寿，铮骨饶有神。

游山图

求闲何日闲？偷闲便闲。万水千山只等闲。

独坐图

忽有所得，妙不可言。

野趣

山中野趣，闲人得之，花开劝酒，鸟笑催诗。

夫子泡茶

此茶须用此地之泥土烧制的茶壶，再用此地此时此泉水冲泡，方得其真味。

文房四宝

速兄出题，二刚作画：蒙恬试笔，仲将研墨，蔡伦观纸，东坡玩砚，四宝既成，制成邮册，美意延年。

抓阄图

此子长大可当大将也。

雪景

暮景千山雪，天寒百丈楼，独登还独下，谁会我悠悠。戊子岁初，连日大雪，前所未有，借杜牧诗遣兴。

点将台

西行张家界，千山万壑之间有点将台，雨后云起，徘徊台上，恍有金戈铁马声来。二刚并纪。

三人行

一匹马、一头牛、一条毛驴，行人自选。

山寺桃花

人间四月芳菲尽，山寺桃花始盛开，长恨春归无觅处，不知转入此中来。二刚写白居易诗意给失时者看看。

五大夫松

泰山有五大夫松，始皇所封，始皇人杳，松已两千余岁矣。二刚造型更写五老头，慕名而拜。

交易图

太史公言：天下熙熙，为利而来，天下攘攘，为利而往。东坡先生有"打鱼换酒，彼此不论钱数"迂阔矣。

古岩洞天

昨游贵州天马岭，壁立千仞，上有古洞，颇似我画，噫，造化与我笔墨早相知也。

秋山独步

独上秋山无伴侣，夕阳照影万株松。

伏案

小歇乎？才尽乎？二刚。

无名山中

层岩叠嶂，偶到无人处，一喊响回声。

雨霁

雨霁松风响，无心云出山，得意水流壑，何人石上闲。

斗鸡图

修成呆若木鸡，上场不战而胜。

伸懒腰

正襟危坐久，抛书伸个腰。

可怜松

天柱山通天谷上有此小松，导游名之曰"可怜松"，怜其孤独也。噫，世俗之见，高士以为非也。

悬崖松

咬定青山不放松，立根原在乱崖中，千磨万劫还坚劲，任尔东西南北风。板桥题兰，二刚题松。

高峰对坐

高峰对坐，无染无尘，君是智者，我亦高人。

蒲团松

寂寂蒲团松，上头两老翁，仿佛有禅意，说空不执空。已丑夏日写罢觉有凉风来，消我城纷之热。

题山寺僧

菩萨领进门，修行在个人。偈曰：身是菩提树，心如明镜台，时时勤拂拭，莫使有尘埃。惠能亦作一偈：菩提本无树，明镜亦非台，佛性本清净，何处惹尘埃。顿悟渐悟耳。

远望楼午夜读书图

余曾居此三十八年，傲寒耐暑，苦读作画，每念往日之维艰，当思来之不易。今有同乡检此旧作示我，不禁感慨。石寿先生所题亦已二十五年，东坡曰：人生如梦。二刚之梦一半多存此老屋矣。已丑初冬识。

泼墨山水

晚来泼墨，忘却白日尘俗，神遇奇山异水，妙哉胸中丘壑。

葡萄小鸟

待熟不如抢先，管它是酸是甜，顾盼无人看守，先咽一口

刘二刚　清谈　69.5cm×17.5cm　纸本设色　2012

馋涎。

风雨梅花
零落成泥碾作尘，只有香如故。借放翁诗遣兴，草草
不工。

高秋独坐
老夫过半百，毫无迟暮色。心与白云飞，高怀人不识。

奇石馆
仿佛有太古之声。庚寅夏日清凉山归来。

伯牙鼓琴
俞伯牙鼓琴，得知音钟子期，惜哉，钟老汉殁，伯牙摔琴。

高岭远望
险峻奇崛之景，还待高人作奇思奇想，方生奇妙之境。

岁朝图
盛年不重来，一日难再晨。及时当勉励，岁月不待人。勉

凹凸作。

梅花十一帧

一、哪株梅花是我前朝诗友。

二、触目横斜千万朵，赏心只有两三枝。

三、人多忌画倒梅，我今更添一枝向上，应知倒顺常有变数也。

四、千里冰封时节，孤芳独赏。

五、近嗅无香，不知此是假花也。

六、去年今年差不多，仔细数来多两朵。

七、年年岁岁花相似，岁岁年年人不同。

八、此花开时不要绿叶扶持。

九、新花不识老主顾，笑问客从何处来。

十、花下想何事？喜（鹊）来犹不知。

十一、天寒地冻，问梅消息。

高台夕照

夕照松影乱，城头读古碑。浮云如有意，与古一放怀。

桃源人家

日出而作，日入而息。年年有余，岁岁丰熟，悠哉斯民，平和淡泊，无事无争，个个知足。二刚墨戏，略得陶潜笔意，龚定庵云，莫道诗人竟平淡，二分梁甫一分骚，下一转语。

云山图

云在山之巅，云在山之腹，云在山之南，云在山之北。云山无纪律，变幻看不足。空虚令人想。意到笔不到。老外以为无，画家难说白。

云山图

安得心无尘事扰，也教身似白云闲。

神山

邈姑射之山，有神人居焉。不食五谷，吸风饮露，来去乘云，上下无碍。无愁无忧，自由自在。二刚羡之。

罗汉图

罗汉俗称自了汉，得罗汉果位者，即断尽一切欲惑，远离烦恼，得大解脱。四阿罗汉，最早西来者。

庭中有奇树

智者王梵志生于树瘿，经三年，瘿朽乃出，悟性过人。

树下闲话

一等人有本事而没脾气，二等人有本事亦有脾气，末等人没本事而脾气特大。

疏林闲话

世人耻贫，而高士清之，世人厌淡，而智者味之，世人摆谱，而有道者笑之。癸未秋月。

四个路人

一个傲世，一个避世，一个顺世，一个游世。无可无不可，活法不同尔。

葫芦老头

调与时人背，心将静者论，终日帝城里，不识五侯门。借张继诗。

假山石

玩家多恨假物，唯假山石皱、瘦、透、漏，如获至宝。

老僧岩

作岩者谁，鬼斧神工也，名之者谁？梦先生也。

过三峡

自三峡七百里中，两岸连山，略无阙处，重岩叠嶂，隐天蔽日。自非亭午夜分，不见曦月。二刚怀古弄墨。

不约而至

高岩绝岭，有古松一株，无名高士二人，不约而至，会心不远。癸巳初夏午梦斋逸兴。

过客

山高水长，白云无住，古寺钟声，忽有所悟。

出门鸟鸣

喜鹊乌鸦都叫，原来非祸非福。

树下

树下几个人，不知看什么？越来人越多，原来没什么。

题松十二帧

一、突兀姿态无人见，秋风独立送斜阳。

二、阳光偶到涧底松。

三、无名松生无名峰，无人到处自从容。

四、苍苍松老问谁栽。

五、虬枝如铁，俯仰霄汉。

六、苍松自奇在山中，已惯四时雨雪风。

七、拂去浮云方见本色。

八、老松偃卧，恍有太古之音。

九、高崖绝灌溉，岁月自滋长。

十、本性在丘山。（盆松）

十一、本大根深高不危，任尔东西南北风。

十二、卧龙先生。

垂钓图册

一、钓鱼耶？钓誉耶？钓趣耶？

二、你钓鱼，我放生。

三、稳坐钓鱼台，急煞背鱼篓的。

四、放长线，钓大鱼。

五、大鱼钓不到，小鱼也将就。

六、方知小鱼比大鱼难钓。

七、高山垂钓，使严子陵成名。

八、打鱼换酒，彼此不论钱数。

九、不知鱼上谁钓钩？

蔬果图

吃得菜根香能做大事业。

驿亭

客路一杯酒，江湖万里心。

寻桃花源

太守遣人随渔父寻桃花源迷路图。桃源组画之二。

望峰图

危乎高哉，鸢飞戾天者望峰而息心，经纶事务者窥谷而忘返。

刘二刚　却羡闲云野鹤　69cm×17.5cm　纸本设色　2012

古剑

十年磨一剑，霜刃未曾试，今日把示君，谁有不平事。二刚写罢，又添老酒一壶助兴。

秋山独步

独上秋山无伴侣，夕阳照影万株松。

瓶梅

林和靖先生与鹤子出门，留贤妻在家守着窗儿。

数梅图

我爱梅花，梅花亦爱我。年年相约此时开，不须绿叶辅佐。陪我皆是高士，俯仰花须细数。

晴窗小酌

天生诗笔任呼取，偶得稿费酒满杯。

无名山中

山不知名无客到，昂首一呼响回声。

江月行

唯江风山月，不花一钱买，取之无禁，用之不竭。

隋梅

国清寺有隋梅，千余年不朽，未知已易几代僧人。

盘中樱桃

还留几颗舍不得吃。

登高放怀

雨后晴窗，秋高气爽，遥忆千里之外云山飞鹤。

松下闲坐

青苍绕白云，盘搏似龙吟，半山迎送客，日落影无痕。

高鸟

高立危枝上，从来不害怕，一旦风折枝，却信有翅飞。

山居

七八株古树，三两户人家，无事无忧无想，闲看朝暮烟霞。

垂钓

钓鱼？钓誉？钓趣？太平时候，各得其乐，袖手旁观者亦有其乐。

郑板桥卖画

示曰：求精求当、当则粗者皆精，不当则精者皆粗，思之，思之，鬼神通之。又曰："画竹多于买竹钱，纸高三尺价三千，任渠话旧论交结，只当秋风过耳边。"不喜讨价还价耳。

怀古

二刚逸兴，写晋之元亮，唐之青莲，宋之东坡，相约喝酒图。

鉴宝图

真假自爱可也，老夫今日累了，不鉴，不批，不言。

恍似神仙

仙家无定所，来去都随意。昨日渡东海，今日登五岳。岁月无老时，笔底乾坤大。

邀请不动

金饭碗，银饭碗，不及自家瓦饭碗。

葫芦老头

看不惯的就不看，想不通的慢慢想。

绿梅

画众人观红梅，热闹耳，亦好卖钱。今只写一人观梅，清香独赏，自藏之。

夫子论道

有一字不识，而多诗意；一偈不参，而多禅意；一酒不濡，而多醉意。今日不言也罢。

刘二刚 塞翁得马 27.5cm×34.5cm 纸本设色 2012

二刚题画诗

余年少时喜读李白诗，中岁学东坡、陶潜，偶得僧人王梵志白话诗，更觉随意之乐。这里所录是我尝试的题画诗，平时生活感怀诗另辑。

秋望

云烟过眼，人物百年。

努力追秋声，风月到眼前。

小三峡图

龙门谁劈开？水流清且急，

巉岩无限皴，飞瀑撒珠玉。

风冷云欲雨，日光时遮蔽。

杂树茂森森，怪鸟啼山峪。

栈道百里痕，悬棺千岁迹。

传闻满客舟，俯仰叹奇迹。

此图不及万一耳，二刚并记。

一线天

癸酉秋夜时居将军庙题画作。

走过一山又一山，进退两难误此间。

抬头一线春云活，鬼斧神工别有天。

画禅

终年坐断小乘工，画法如何破鸿濛？

圈里圈圈难跳出，回头忽觉有神通。

虬松图

四十七岁生日，独住南京将军庙，夜阑挥汗伏地而作。

有松有松忘年岁，能受天磨颜似铁。

虬枝凌空龙蛇舞，吞云吐气风雷激。

悬壁高寒耐霜冷，春秋不知老将至。

曾与陶令相盘桓，曾与青莲吟皓月。

今朝更有来者谁？唯见老干松花发。

重门图

寻真探奥入门径，进了门后便难出，
门里套门忽有悟，原来自有万能钥。

登高图

登上一峰又一峰，一登一陟乃从容。
回头不觉千万险，晓日冉冉别样红。

岩上仰观

岩上一奇树，不知生与死？
曾经千岁霜，多情二三子。

好风泛舟

一舟泛三人，错疑游赤壁。
好风无古今，何处放怀客。

晴雪倚杖图

1977年冬日初上黄山始信峰遇大雪飞舞，明日放晴。

朔风起半夜，大雪净尘埃。
晓日出门看，来从何处来。

武当山练功台

万壑胸中生，云烟眉际出。
空山自吞吐，物我二为一。

题山水画册页

一

策杖入疏林，老来谈世情。
悠然爱古趣，山水弄清音。

二

入山深浅去，暂脱大劳生。
仿佛得仙境，缥缈飞白云。

三

雨后千峰竞，众壑流水忙，
一老真自在，独坐看夕阳。

四

一点浩然气，千里快哉风。
移舟乘细浪，山色有无中。

五

晚来风雨霁，青山绕白云。

健步登高去，万籁寂无声。

六

白云无定所，山水长相约。

小歇老松根，细看云变化。

七

万古一石梁，大块以文章。

俯仰得奇气，写罢问沧桑。

仰松图

劫后看苍松，形摧神不灭。

虬枝响大空，岭上迎风立。

石壁题诗

丽景游人众，我爱无名山。

题诗最高处，不为给谁看。

刘二刚　三个和尚看水缸　29cm×34.5cm　纸本设色　2012

退休图

老来唯好静，万事不关心。

客来无迎送，客去读心经。

张良庙读书台

大木生寒岭，上有读书台。

功成谁自退，却忆留侯来。

观云图

岭上看风景，游人各自情。

云头奇绝处，一老最来神。

简笔山水

细勾点染我难工，无边山色有无中。

非怪老夫惜墨水，请从空处想鸿濛。

观景台

你方上山我下山，彼此不分谁后先。

观景台上轮流坐，不同过客不同天。

山行

云山一过客，忧喜无人识。

行行重行行，足迹随云没。

海山游

越南下龙湾有海上桂林之胜，归来作画多幅，有题。

海上千峰立，浮云逐客游。

一时如梦里，却话到瀛洲。

登南天门

早有凌云志，今上南天门。

大笑与天语，不是蓬蒿人。

雨山

忽地大风起，万壑响雷电。

云来山疑失，雨霁千峰竞。

云壑

漫步入云壑，妙峰吟不足，

安得移城市，减却人间俗。

高岩独坐

高岩人独坐，所思在远方。

莫道似神仙，心中有炎凉。

驿亭

古道连云去，水行复山行。

驿亭且小歇，东西南北人。

梅花

春寒一树梅，天姿动妩媚。

傲骨开红花，不须绿叶配。

大壑飞瀑

山流雨后响如雷，大壑云烟断续飞。

独树危亭坐二人，既爱飞流又爱云。

半山亭

回看几惊险，更上顶还高。

倚栏且小歇，青云在树梢。

空山小立

空山一老头，策杖无妨碍。
仰视瞧什么？看来有点怪。

索道行

云在脚下走，风从四面来。
凭虚无所碍，风景为我开。

松竹图

青松如奇士，翠竹似美人。
四季常相伴，欣欣又一春。

驿亭独酌

人生如朝露，营营苦奔走。
驿亭送夕阳，独酌一杯酒。

自在图

日月无穷已，风烟十万年。
事情来又去，自在即神仙。

空山拾趣

石从天上来，树向空中伸。

触目皆奇绝，一鸟独争春。

江皋

偶来幽处坐，思绪逐云高。

江风如有意，万虑一齐消。

游山图

人向名山去，荒山唤我来。

寂寥千古意，松下独徘徊。

山居图

乱石山中自种田，平安无事即神仙，

野花闲草夹流水，风月四时来无边。

大生桥

天生一石桥，悬空高百丈。

我坐桥当中，风景四面望。

群峰个个起，疑我来点将。

刘二刚·喜来犹不知　27.5cm×34.5cm　纸本设色　2012

我岂经纶者，斯世应无恙。

侧耳听大壑，万籁声回荡。

石林仙境

一梦到石林，奇峰绕白云。

仙人与我语，如何在红尘？

仰天大笑间，众石响回音。

忘却人情债，忘却富与贫。

暂游此胜境，莫与外人云。

赏菊

冷艳置书窗，相怜在异乡；

孤芳与独赏，月下味秋凉。

老头图

众老头中爱一老，长眉大鼻团头脑。

胡子修剪无规律，遇事不争胆子小。

亦庄亦谐随处游，一日三餐只图饱。

常喜独坐高岩上，闲读闲书不赶考。

善恶美丑心明白，风雨阴晴都说好。

望帆图

千秋江上几多帆？仔细看来两片帆。

一个名，一个利，载不尽，悲和欢。

啸寒图

我骨早能傲我穷，贯于寒岭啸天风。

除却读书吃饭外，红紫何曾在眼中。

示画

读书改面相，玩画养仁心。

墨宝共欣赏，神品不让人。

大树王

二刚天目山归来。

山有大树王，名声传四方。

皮可治百病，不久即剥光。

皮无叶亦凋，形散在路旁，

吁嗟夫子叹，何必名声扬。

神游图

若有白云在山巅，忙碌之人不得见。

若有清流在鸣琴，烦恼之人何不前。

若有仙鹤在林间，求官之人难逢缘。

若有酒亭在岩阿，梦醒之人呼神仙。

观瀑图

高山流水来日夜，走马人生一百年。

飞溅凌空忽有觉，多少闲愁抛耳边。

山关图

走过一山又一山，立马山头着意看。

路转峰回云雾散，此关过后是平川。

日暮

云雾截山断，日西树影斜，

何人独坐久，错认是仙家。

云雾山水

仰看山峰插碧霄，远近参差谁最高。

忽来云雾遮真面，咫尺犹如万里遥。

消闲图

年方六十便退休，羡鹤去来得自由，
今朝闲坐老松下，自读闲书自打油。

高山俯仰图

青山欲共高人语，白云来去亦有情。
二刚作画无拘束，流水飞溅作欢声。

日暮看山

溪水下山我上山，夕阳挂在松树间。
入暮万皴一时没，山影知我不爱繁。

风雅图

一时风雅住深山，云淡风轻流水闲，
数日索居无客到，安身容易安心难。

山中相坐

深山日午人两个，一杯一杯复一杯，

开怀浑忘谁为主。青松岭上白云飞。

策杖登高

策杖登高处，忽悟大光明。

日出云俱静，风消水面平。

功名输本性，富贵大劳生。

昨事能放下，几个偷闲人。

桃源人家

开卷陶潜文，画个老渔人。

误入秦人洞，奇闻说到今。

野旷天低树，人禽相与亲。

衣着忘今古，交通随便行。

晨昏无历日，五谷年年丰。

牛羊不拘管，瓜果多未闻。

交易弃机智，耻言说功名。

百花自然开，溪水皆可饮。

白云出窗户，城郭不设门。

田舍无贵贱，阳光平均分。

画家返年少，笔笔见天真。

随意山水

随便画块石，悠然着老头。

横墨似云山，竖划像水流。

造境俗尘外，点景随意求。

疏密见真趣，取舍任自由。

恼煞董其昌，笑倒吴老缶。

好山图

愚公不必再移山，山面留当风景看。

四方游客轮来此，愚公坐地等收钱。

采药山人

采药山人何太忙，养生各自有主张。

三餐温饱睡眠足，不吃补药寿自长。

酒后作

黑墨团里有乾坤，画到熟时复转生，

随心所欲偶逾矩，法度之外见真魂。

问道

五色迷茫时失真，远寻尘外问真人，

踏破芒鞋无觅处，岩上无心问白云。

老而淡

阅尽炎凉别有天，萝卜青菜保平安，

邀请不动爱清静，画个寿桃过晚年。

题石林

应邀明日与同人游广西，云南，磨墨展纸，试作心中石林。

未到石林心已飞，预支笔墨寄神微。

明天对照若称许，心有灵犀谁像谁？

池上闲话

君子之交淡如水，桃花流水白云闲。

人生何谓是知己，心中有话可倾谈。

兴来

兴来万壑生笔底，寥寥数笔即飞泉。

还有空白怕说懒，为君添只米家船。

癸巳冬月
窗外霧靄
造興目耳

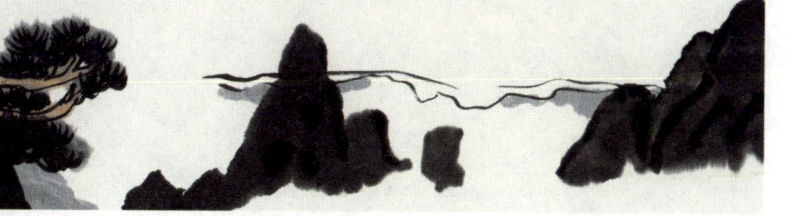

刘二刚　高岭放怀　22.5cm×102cm　纸本设色　2012

理诗与题画

在一般人看来，谈艺术和说理好像是不搭界的。那"似与不似""无声之声"，何理可言？然而就诗和画而言，它们别有一种理趣所在。这个理，不是实事求是的分析、解剖，按规律去进行的逻辑推理之理，而是艺术之理。艺术之理，可以是捕风捉影，通过感觉，甚至是一刹那的错觉进行思考，在一般规律中表现出一种特殊规律。这个特殊规律可以超出常理之外，因人而异，因时而异，因情而异，从假定的一方领会出其中的无"理"之理。

宋以后，理学之风的盛行，无不影响到各个学术领域。诗与画也从一个侧面把"理"提到了一个重要的位置。心学和性灵派渐行其道，尤其是诗人，则是借这个"理"，从微观到宏观，从物质到精神，别开天地。

有人觉得宋人作品不及唐人，其实这是不好比的。宋词的特色就不需说了，就诗来说，也在唐诗基础上又有所新意，作品意味不同。我从画画的角度看，略举两首杨万里的诗：

岭下看山似伏涛，见人上岭旋争豪；
一登一陟一回顾，我脚高时它更高。

又：

霁天欲晓未明间，满目奇峰总可观。
却有一峰忽然长，有知不动是真山。

杨万里的诗，有"不笑，不足以为诚斋之诗"之誉。他的诗常在看似轻松玩笑中藏着理趣，这里像说一幅活动的山水画。我们登过大山的人都有这个体会，而作成画，再题上这样的诗，便觉得既可爱又可笑了。山怎么会与人争豪而逐渐长高呢？这样的画面似活的，令人神与物游，境随心迁。就像一个电影镜头，随着感觉逐步地展开，画的时空感便增加了。这种理趣是靠文字的魅力与画相得益彰的。早在敦煌曲子中也曾有过"……满眼风波多闪烁，看山恰似走来迎，仔细看山山不动，是船行"，虽然一个是登高，一个是远行，但都使人从视觉形象之外又多出一个感觉上的思考，使固定的画面与画面以外的东西得到了延伸。

我们知道，文学艺术的发展到了一个成熟的时候，吸收民间艺术应是一个突破口。而从平凡的生活中发现哲理方是一个有智慧的艺术家。再看人们都熟悉的一首诗：

横看成岭侧成峰，远近高低各不同。

不识庐山真面目，只缘身在此山中。

苏东坡的这首理诗告诉我们一个看山看水的方法，从横看、侧看，远看、近看得来的不同感受，进而上看下看呢，由于受观察的限制而明白自身的局限性，从中引出一个认识方法的问题，这也告诉我们画画的，山水画不要执着于一个位置观景，特别是出去写生，要目识心记，不要因眼前景而自缚。要全面观察后使丘壑贮于胸中，"胸中丘壑"是无理之理，不真实之真实。

东坡先生还戏写过一首《琴诗》："若言琴上有琴声，放在匣中何不鸣？若言声在指头上，何不于君指上听。"虽已不大像诗，却是随手拈来，使人猜摩之余别有一番理趣。重视个体心灵的感受，下笔便更自由了。苏东坡是诗人也是画家，因有了他，文人画才得以发扬光大。

将诗直接题在画上，是文人画的创举，画就显得多了一层寓教于乐的意义。且不管它近于谜语还是近于漫画，将形象与语言相得益彰，我们的画不更有意思了吗，这也正是中国文人画与学问紧密相关的一大特色。

明清以后，画中题诗日益盛行，直至齐白石，他本是民间画家，正是他对诗文的重视，而成就了他的位置。如他题《青蛙》，借青蛙之口说出了"在公为公，在私为私"之理，你去想吧。他画过好几幅《不倒翁》，每题不同，其一题："乌纱白扇俨然官，不倒原来泥半团，将汝忽然来打破，通身何处有心肝。"一个泥玩具有什么理好说呢？这是要有智慧的。

严羽《沧浪诗话》："诗有别材，非关书也，诗有别趣，非关理也。"这使一些人以为读书明理无用，不料，严先生又说："然，非多读书多穷理则不能极其至。"

感性的笔墨容易让人看，看了以后加上理性的思考会让人更多一层回味。我们说齐白石的画好、有趣，其实他在画外下过许多即物思考的功夫和理趣的切入，这恰恰是后来学他的人所忽视的。

在我们的生活中，无处不存在着艺术之"理"。我们常说要有自己的艺术语言，其实这个"自己的艺术语言"也有深浅、厚薄之分。感情在形式上的冲动只是一个表面，而在感情的背后，加以更多的理性思考才显出作品的厚度。否则尽管"水墨淋漓"或"逸笔草草"，但画面终会显得浅薄。当然不是说每幅画都要题诗，都要有理趣，而是说我们在落笔落墨的同时不要忘了诗境和理趣的思考，笔墨之外更需要画中有诗意。画中的题跋虽只是辅助，却也能起到画龙点睛的作用。

借前人现成的句子作画也是一种，我曾借李白的："床前明月光，疑是地上霜，抬头忘明月，低头思故乡"诗，来题《笼鸟图》颇得别趣。可以题画的诗，就看你用什么样的画面来配合了。

含有理趣的诗句很多，随便抄录几句：

一月普现一切水，一切水月一月摄。

落红不是无情物，化作春泥更护花。

山重水复疑无路，柳暗花明又一村。

好山万皴无人识，都被夕阳拈出来。

东边日出西边雨，道是无晴却有晴。

不畏浮云遮望眼，只缘身在最高层。

未出土时先有节，到凌云处总虚心。

行到水穷处，坐看云起时。

相对辄忘言，久别又相忆。

丰子恺先生有许多旧诗新画，也给我们以启示。前人的句子只是引子，最好能举一反三，反出新意，所谓的"理"趣，可以从大处说，也可以从小处说，可以寄托物外，也可以发自眼前。无论事理、情理、哲理、物理，都要与艺术化了的笔墨形象互为表里，使人感到画中有话，方有看头。不过若题得不好，与画的画风马牛不相干，便是帮倒忙了。如何把握好其中的关系，题所当题，包括字体、位置，应当一门课题来研究。

喜到梅梢 二刚

刘二刚　喜到梅梢　69cm×17cm　纸本设色　2012

莫忘题画

我有个习惯，随便翻看一本画集，首先看题、看题跋，看印章，然后再看画。可现在的画集上有题跋的画太少，画家似乎忘了题画艺术，都是画得满满实实的，看罢总觉得还差一点什么。

中国画题跋原是中国文人充分发挥个性的体现，文人画之前，画家是不敢在画上题字的，最多在石缝中签个名。题与画的结合开拓了画的容量，对画家要求便又多了书法、诗文甚至治印。这难度和深度画家毕其一生也不可能尽善尽美，这也正是它的生命力之所在。

长期以来，这种形式成了中国画的一个特色，是西洋画所不能为的。现在有的人谈中国画与世界接轨问题，要把中国画中的"文"去掉，划入另类，这时，坚持传统的一方在现代大潮的冲击下，仅提出诗书画的形式美是不够了，关键是要说清这种形式是不是进步的？题画的目的是什么？它的意义何在？

我在2000年《荣宝斋》第三期上曾写过一篇《略说题画》，举了些前人的题画句。如徐青藤有题《石榴图》："山深熟石榴，向阳笑开口，深山少人收，颗颗明珠走。"郑板桥有题《竹石》："咬定青山不放松，立根原在破岩中，千磨万击还坚劲，任尔东西南北风。"虚谷有"水面风波鱼不知"等，读后便觉画外有话。当然，前人题画句子与画结合得妙的也并不很多，有些是为形式而形式了，真正的文人画大家题画都是切入画中又引之画外的，题与画浑然一体可增加"韵"的魅力。题原是来帮画的忙的，是显示画家智慧的又一亮点，并不仅仅是一个摆饰，若形式变成了摆饰，便没有了生气。新中国成立以来，由于政治的原因，而将题画一门一直空置。

艺术市场化后，绘画的样式多元化了，绘画的路子就不一定非按官方的要求走，时至今日，人们又喜欢起文人画，题画艺术应该得到重视，全面提升中国画的文化部分。不题则已，既题，哪怕是几个字，都能看到画家的底蕴。

有人说，现在的人看画不要看字，我看不是，我的观察体会，老百姓看画首先看字，字比画更容易沟通人的感情。

齐白石的画打动人，题的位置很重要，如《事事如意》《清白持家》《得财》等，都是用的民间俚语，一语双关，令人过目难忘。

我爱齐白石的画，一半是因他的题趣。举一例，他有一幅《雁来红》，题"老来怕听秋声，故叶下不画蟋蟀"。我想，当时可能有人说他这画太简单，想要求他在"雁来红"下再画个小虫子什么的，老先生"偷懒"自有"偷懒"的办法，他这么一题，你还有什么话说呢？这就是题帮了他画的忙，而且合情合理，言辞老辣，说明此画无半句废话，你去接受吧。

题字还能把时间和心理过程带进，它们的结合是和中国的哲学、人文联系在一起的，西洋画做不到，因为英文字母就二十六个，字形单调，只表音，不表意。而我们的《说文》汉字就有九千多，变化无穷，且汉字的起源又是绘画，书画结合就是很自然的事。由于观念和艺术材料的不同，西洋画尚实、尚外在的表现，即使现代派也只强调过程中的快感，若用一大串的英文字母写在涂满色彩的画上必然破坏画面；中国画重虚，画面上有许多空白处，虚的东西用什么来充实呢？这就是我们不同于西方仅用眼来看画，还得用心来看画——让你去想，从笔墨中去想人文的精神，从空白上去想含藏不尽的"有"。这时文字的妙用正是弥补这过渡的点睛之笔。

题画各人的着眼点是不同的，同样的山，同样的树，同样的水，各人会找出各自的风景，我喜在躁动中寻找宁静，在物质诱惑中寻找人本的快乐。在我的题画中，我尽量不题有关笔墨技巧方面的体会，我以为画既拿出来，笔墨好坏已成，如再题于文字，业内人看了必有多余之嫌，圈外人看画多注意的是看你画的什么意思，谁管你起笔落笔是怎么弄的。题跋应帮助画面开拓未达之境，延伸内涵。

若说接轨，我想总有一天，好学的外国人会领略到中国画"虚"的境界的。但对于他们，最困难的恐怕还是中国文字中深藏的含义。

在美术繁荣的今天，我们不能为走捷径而减去中国画的难度。我曾问一些青年朋友对画上题字的看法，大致有三：一是也想题，但不知题什么；二是说书法功力不行，怕题了反倒破坏了画面；三是说要革新传统，没有必要题，画嘛，就是画（实际是畏难）。我说，我们的"传统"一开始画上也是不题字的，到文人画发展后，也有不题字的，这胸中有无对文字、书法的认识是不同的。而对文字、书法的认识必然要去涉猎历史、哲学等。这会关系到我们画的厚度！在人们大谈"风格"的时候，画的厚度能不重视吗？若胸中无文，画也就仅止于画了。

有人以为，在画上反复渲染，或样样能画，就是"厚度"。郑板桥先生的竹子画了一辈子，怎么就画不厌呢？疏疏密密，自然是他的拿手好戏，但竹终是竹，他的用功处实际是在题跋上。如"若使循循墙下立，拂云擎日待何时？"是一种写法，"丛篁密筱遍抽新，碎剪春愁满江绿"也是一种写法，"写取一枝青瘦竹，秋风江上作钓竿"这又是一种意思。他把竹子人格化了，左题右题，痛快淋漓，所以显得并不单调，板桥竹便影响愈大。

题画，字要与画的风格相配。书法基本功差一点不要紧，但不能请专门的书家题；所题内容不在于引经据典，要弥补画面语言之不足，引人发未到之想，切莫"画蛇添足"。前人题画，以诗为多，诗重平仄，意多含蓄，写得不好的，易犯程式毛病。跋文当比题诗难，难在切题，单刀直入，点拨意旨。如齐白石的"他日相呼"，"人骂我我也骂人"。

我料许多前辈，由于受时代的局限，作画时欲题而不敢题，怕抓辫子，将文人的个性压抑着。如今创作环境宽松，而我们呢，肚子里少墨水，却找种种借口去不屑题画，不是有点自欺吗？

要发展文人画，不可不重视文，我就不信，中国文人画的这一特色，发展到我们这一代会断掉。

刘二刚　相见恨晚　69cm×17.5cm　纸本设色　2012

题画，另一门道

题画的道道，我们的美术院校恐怕不教这些，什么平平仄仄，格律之类的文字学，似乎与画家是不相干的。诗书画一体的中国画特色已丢失了半个多世纪。文化认识上的偏差已使中国画很难振兴。冷落的东西就过时了吗？抑或是因为它的难度和深度，也不是想接就接得上的。

要说在画上题字，起初只是文人之余兴，"自适"而已。后来被有修养的画家所重视，逐渐形成了"三绝诗书画"的文人画风。文人画至董其昌"读万卷书，行万里路"是个重要转折，他指出："文人之画，自王右丞始，其后董源、巨然、李成、范宽为嫡子，王晋卿、米南宫及虎儿，皆从董、巨得来，直至元四家黄子久、王叔明、倪云林、吴仲圭皆其正传。吾朝文、沈则又远接衣钵。"我想这个传统的不断延续是有道理的。文人画，更能体现画家独立人格的抒发，是中国画的一大发展。就官方来说，一个重要人物是宋徽宗，他设立的皇家画院不像现在的画院，他要求的是有诗情画意的画家，尝出题：如"深山藏古寺"，"竹锁桥边卖酒家"，"踏花归去马蹄香"，"野渡无人舟自横"等。要考考画家的思维，虽带有游戏性，也给绘画增添了画外的难度。此后，不管是在朝在野，画中对文的重视是文人画家绕不过去的一个课题。其实"文人画之精神"更可上溯到两晋时期，如王廙的"画乃吾自画"和姚最的"不学为人，自娱而已"的艺术主张，都可视为文人画的中心论调。

我曾画过油画、连环画、水粉画，画中国画是比较中西文化之后的选择。我以为诗文与画的结合应是中国画的智慧。尤其是写意与写实的差异，虚与实的不同绘画表达，是其他画种不可替代的。它打破了文与画在时间与空间的局限性，利用了它们各自的长处，亦写亦画，融为一体，画家思想就有了更好的发挥余地，其画可让人产生更多的画外联想，这是中国画所特有的。要深入其中，运用得当，必有许多难处，并不是一些人认为的简单凑合。

我们说读画，主要是说画中有耐人品味的东西，有画外之旨。题与画融合在一起看时，会相得益彰。当我看到一张打动我的画时，必先看上面的题字，如金冬心题《水亭》"消受白莲花世界，风来四面卧当中"；齐白石题《不倒翁》"乌纱白扇俨俨官，不倒原来泥半团，将汝忽然来打破，通身何处有心肝"；丰子恺题《树下小立》"今夜故人来不来？教人立尽梧桐影"等，如果把题句拿掉，水亭就是水亭，不倒翁就是不倒翁了。人在梧桐树下就不知他在干什么，还有什么意思呢。这里题画犹如歌词和曲谱，不可分割。当然题所当题，止所当止，都是伴随着情感而生发的。画家的美学思想本应以作品去引导别人，而不是连自己都未曾明白，就要观众去猜。今人的画多无题，就写个穷款或年月日，却写上某某题。真不知"题"在何处。

过去出版有《千家诗》及一些小说的配图读本，那些画只是为了方便阅读，画只能算是插图，画家是被动的。陆俨少先生画过百幅杜甫诗意，用的是截句，是属借题发挥。这里说的题画则是由画家独自完成的，是聊补画之未尽之言，贵在自家真言。好的题跋及题画诗把它拿出来，也能成为文学的小品。石涛题画多禅意，黄宾虹题画多喜欢写画论画法，我更喜欢金冬心、郑板桥、徐渭、齐白石题画的真趣。丰子恺先生说："画不仅是给人看的，还要给人以想。"怎样让人看了你的画去有所想，这首先要求画家不要为画而画，要有"诗画本一律，天工与清新"的情怀。题画像是桥梁，以少少许的话给画点铁成金，这种游戏玩进去可通往一个自由的世界。为什么好些画家画到一定的时候总是画不下去，上不了台阶？都是因为画中无文。当然你可以不玩这种游戏，你说它老套也好，不够伟大也好，都是各人的选择。

画家题画是先有句，还是先有画，不得而知，我以为都无所谓，重要的是在字句的意思中找到一个适合的画面表达。适合者恰到好处也。题句须练，用典须当。题写与画意要若即若离，才余味隽永。另外还有书体的风格与画要协调，画上就那么多位置，要随机应变，题的长短该延的延，该停的停，要看构图需求。题字只能是帮助画面而不能破坏画面，潘天寿画大片的空白，一行字就给平衡了。然而这一行字怎么写，却至关重要。题小画重在趣，题大画重在韵。这与画画是一个道理，只是题跋无需长篇大论，唯小中见大，点到为止。

我曾因题得不好而将画得还不错的画撕掉过，也曾因有些画得并不满意的，而题上妙句后欣然若喜。如题有关典故或名篇名句，画面一定要别出心裁，画画的须学会编故事，题画须学会演绎。题与画之间是没有定式的，题句的不同亦能导致画面意境之变化，可以直说，可以旁敲侧击，可以借古喻今，可以文白相间，可以大白话。我画过好几幅《独木桥》，题的不同其画意也就不同了，如"看你对峙到几时"，"我让君子，不让小人"，"退一步海阔天空"，"昨日相争，今日相让"，或就写"独木桥"让人去想。有人嘱我画《读书图》，变化是比较难的。我在题字上有："饭硬他也吃，饭烂他也吃，饭焦他也吃。"点出读书入迷的样子，又："家无长物空间大，胸有诗书气自华。"又："正襟危坐，能把厚书读薄，薄书读厚，是真本事。"有人会说，画不够，文来凑。就我来说，实在担当不起"文来凑"，相比之下，白纸黑字要比多画几笔吃力得多。

　　在画上题句不能陈词滥调，徒有一个程式，令人麻木。这大概也是画人生厌的原因。但这并不妨碍"三绝"的魅力。画既拿出来，效果常常是由画家与观赏者共同完成的。中国人已习惯于这种样式，如果画上不题字盖印就好像没有完成似的。我很崇敬作家和诗人。我看到如今专搞文字的人也时有挥毫作画的，奇怪的是看到有些人的画和题跋实在又不敢恭维，按理说他们题句是拿手好戏，不知为什么，题和画到了一起时总觉缺少意趣所在，找不到切合点，就题是题，画是画了。这就是一个"当"的问题。老舍曾出题请齐白石画"十里蛙声出山泉"，十里蛙声是画不出的，齐白石却应对自如，已成佳话。文人画发展到后来毕竟还是画为主，老舍如画得出就不会请齐白石画了，而齐白石画好后若由老舍题，字体也不配。看来题与画的结合不只是一个简单的结合。若画未打动人也就无所谓看题的什么了，若画得好，题得糟，又是画蛇添足。中国画的题画艺术当是另一门道。

刘二刚　小楼听雨　69cm×17cm　纸本设色　2012

题画杂说

题画艺术是文人画家搞出来的，宫廷画家不敢写，民间画匠不会写，后来文人画家又将诗书画印揉到一起，弄出这样的艺术，是中国画家个体意识的解放，也是中国社会、文化的进步。

诗言志，歌咏言。画亦如是。画家重要的是要找到一个言志的表现形式。诗与画都讲"味外之旨"，"象外之象"，都讲"以少少许胜多多许"，"以有限致无限"，只是一个是"字说"，一个是"图说"。一个擅表时间，一个擅表空间，两相结合，容量加大，妙趣俱增。

我们说意境，先看这"意"字，心字上一个音字。境，本是自然之中的，加上了意便是画家心中的。如心中无境，自然之境也未必会发现。这就是艺术家所看的与常人不同之处。

题画关键就是"题"跟"画"要配合得恰到好处，题如画龙点睛，使人提神，令人开味。可以顺题，也可以曲题、反题，可以打油，也可以记事，字的多少可根据画面需要，长的不嫌长，短的不嫌短。

时至清末，文人画家玩画，一味强调文的一面，而轻视了绘画本身的功能，使画面简单化、公式化，如梅、兰、竹、菊，只注重"君子精神"，所谓功夫在画外。金冬心的画文字大于画，绘画反成附庸了。

相比之下，作诗当比作画难得多，"吟按一个字，捻断数茎须。"白纸黑字的力度和韵味要胜于有形的画面。诗注重的是在字里行间去求得时空、声、色、意的奥妙。如王维的"空山不见人，但闻人语响"，这"响"怎么画？钱起的"曲终不见人，江上数峰青"这"曲终"又怎么画？又"天涯静处无征战，兵气销为日月光"，这"兵气"又怎么画？自有了可在画上题字后，读画者意境的产生便多了一个桥梁。可惜今天画家多不会去借用。

当然，画自有画的功能，画画是以笔墨形象，笔墨的枯湿、刚柔和形象语言来打动人，它将难以表现的时间语言虚在画外，处理得好，自然不一定要再加文字题跋。但不题不代表心中就没有文，心中有文的画面与心中无文的画面是看得出来的。

"天人合一"是中国哲学之本，也是中国画之旨。然而随着科技的愈来愈发达，自然的东西被化工日益破坏，人的精神反而愈向往过去。可以说中国的山水画和花鸟画题材将是永恒的。追求"返璞归真"的境界，是对现实生活中无奈加空虚的一种弥补。

古代人物与现代人物气质不同，服装不同，礼节行为不同，所不变的是情爱和恻隐之心，这不仅是对同类、对花草等大自然的生命都如此。在中国画的绘画题材上像"高秋赏月图""下棋对酒图""松风观瀑图""听雨吃茶图"等都是人之常情，这些题材应常画常新。

前人说"化腐朽为神奇"，所谓"腐朽"，许多就是那些人们太熟悉而又不去管的东西，谁能"化"，往往就是一个顿悟。画与题有时是相互作用的。题画也能妙手回春。我画过一幅《驴推磨》，一直无题，今忽得"千里之行"句，便觉小品不小矣。

书读得多不代表就能题画，题画与读书有一定的关系，不过要题得有趣而得当，就不是个个都学得来的。齐白石题画会寄托情语，他题《读书图》："相君之貌，一色可憎，相君之形，百事无能，若问所读何书，答曰：道经。"喜读《道经》

的人就不是一般的人。若今人题，仅题"读书图"，下面就没话可说了。

画和"真"有很大关系，这里说的不是认真，而是真心、真诚，现在大家嘴上都在说真，画家真不真看他的画就能看出来，是为什么而画，画自然不自然？真的东西它有一种质地的可爱之处，它不是装出来的。各人有各人自己的经历和偏爱。包括技巧，包括选材，是我要画，不是人家要我画，这样就画得开心，画得就有情趣。

题画一般的是先有题，后有画。这是传统方法，胸有成竹方下笔，再根据构图需要来写。题别人的画又是一回事。最好不要去直接题，一是以防破坏别人画面，二是字体合不合适，另用一纸可也。题自己的画，或也有先画后有题的，其实也是一回事，平时多积累，如一时无灵感，先放一放。

"去年天气旧亭台，夕阳西下几时回"，小晏诗慵闲中显出对时光的奈何。这十四字怎么画成画就看画家了。借经典的句子题画一定要画出独到处，因为你能借用，别人也能借用，不动脑子的画家往往就会想到一起，成了"看图识字"。

要题自己的东西难，怎么题自己的东西也有个修养和认识问题，你买一本《题画诗》或《画家必备》没有用，人家题的东西跟你的画安不上，即使偷人家的也要有个偷的水平。文字给人嚼出新意与画面打动人一样重要。我曾画《有人来就说我不在家》，这是我彼时怕烦的体会，便想找个画面去表达，于是画一个老头对鹦鹉去说这句话，题得直白。从画到题，看的人会觉得这老头是"此地无银三百两"，傻得蛮有趣的。如果上面不画鹦鹉，看画人就不会这么去联想了。

题画字和画风要相配，有人以为找名人题一定很好，我说不一定，乾隆爷把许多好画都题坏了，当然他是皇帝。如果用启功的字写在我的画上，写得再好也未必适合。包括用什么样的图章也是，不能乱盖。

《诗韵新编》很方便，平仄格律大致晓得便可，不能因词害意。我喜欢古体加白话，但"的、啊、呢、啦"等感叹字题在画上就觉得不协调，写和唱是不同的。

要想办法把自己的东西一点一点完善起来，就像零件组装成机器，产品都要符合图纸要求。比如树啊、石头啊、亭台啊、人物啊、题款啊、闲章啊，一个个符号慢慢整合好。有一样不协调都不行。

书法对于中国画特别是文人画是很重要的，它们是相通的，包括笔墨、结构、章法之类。画尚可渲染，书法一点遮拦不得。要说画如其人，恐怕书法更如其人。

过去文人交流，毛笔不离手，书法的基本功自然比今人好。这只是指普及而言，要谈到书法风格，碑学、帖学是有许多讲究的。真正大家书法的形成绝不简单是传承某家某派，有许多大家能画必能书，能诗必能文。今人却喜欢分科做"专家"。

"文化大革命"之前我记得美术家协会还是将美术、书法、印章等都是合在一起的。后来书法家协会、印章协会与美术家协会全都分开了，这样一来，许多画家就仅是画家了，书家就仅是书家了。

磨刀不误砍柴工。实际上有了书法的基本功以后，画画也讨巧了不少，虽然在书法上花了一些时间，但是在绘画上面省了很多时间，尤其是诗文的画外功。情感所至，几笔一搞，再题上字，一幅画马上就完成了，这叫事半功倍。

线条的质量很重要，这是个认识问题，所以要练字。如果没有这个字的功力，天天在画上面渲染啊，涂抹啊，描摹啊，或弄点颜色在上面搞，搞到最后就像房子缺少骨架，表面装潢得再漂亮，总禁不住考验。

前人形容用笔，能"力透纸背"才能过关，有点玄乎。握笔功夫是自然形成的，不能作秀。乡贤曾说，有了练碑的功夫，运笔就不会轻飘，道理是对的。因为画画时只顾到情绪的发挥，一心在气韵。不是说水墨淋漓才叫有气韵，纯用枯笔也能见气韵。

简单与简练只一字之差，花样与单纯也难说谁更聪明。多年画下来，都可达到一个高度，但还想更上高峰时，体力不够了，这"体力"重要的一点就是书法与修养。

帖和碑是不一样的，帖有一种巧的东西在里面。我也练过许多帖，但是我现在写字还是有碑中笨拙的东西，改不掉。大概是先入为主的关系，或许是本性难移。

先练碑然后练帖，与先练帖然后练碑是不同的。当然书法怎么写也是一个问题，需去找书看，自己思考，找出头绪，不必到处拜师。

能给画画出点子的人很多，但苦于建议不出相应的画面；能够作画的人也很多，笔墨虽好看但缺失画格，更缺题画的点睛之笔。

题画不是为题而题，是为拓展绘画的时空，也是画余情感的又一种补充。有人在画上莫名其妙地写上多少字，说是形式美，实是假充大公鸡。

理想永远是达不到的，正如陶潜的《桃花源》，托马斯的《乌托邦》，因达不到，故心向往之。也就是那点诱惑使我们的画笔在纸上不断地追求。

毕加索说：一幅画，画到什么时候为止，应是天才的表现。这全靠画家的感觉去把握这个度，相比较而言，宁愿画得欠一点，而不能画过。画一过即死。

丰子恺画漫画，他打破了西洋的漫画，把中国文人的东西加进去。将诗意加进去，点题很关键，忽有所得以一当十，艺术语言便比别人高一着。

齐白石的画也有漫画成分，这跟画家的天性、天趣有关。漫画的目的主要是加强意趣，夸张主题部分，快捷让人感悟。漫画加上笔墨，这无疑也给中国画添一条新路。

如果认为你看不懂，是你的事情，这是西方艺术现代派的一种观点，他的意思是让你猜，中国文人画挂出来也有猜的意思，不同的是文人画还强调格调，不可故弄玄虚，强调是不是画如其人。

我们说一张画画得好还不够，还要有品位。"品"者是三个口，"位"者一个人立在那儿，即众口来评价你。看你这个人有没有情趣，审美上有没有个位置给你。

平时翻书时记一些警句妙句，或许对题画有用，有的可改一两句，如刘海粟题荷花"今日荷花别样红"用的是杨万里的"映日荷花别样红"，有的可直接题到画面上，如徐悲鸿画马，借杜甫"一洗万古凡马空"句，傅抱石题《华山图》借辛弃疾"待细把江山图画"句，要者，形象、笔墨都要互动，画扣字眼则板，题扣太紧便无味，如"迎客松""太湖春晓"之类。

画画的关心一些《诗话》会大有启示。看杨诚斋论诗有：学诗当识活法，所谓活法者，规矩备具，而能出于规矩之外，变化不测而亦不背于规矩也。画画也是一个道理。题跋和画一起打动人才行。不然只要单写幅书法就行了。

画家学禅，目的是"明心见性"，不被眼界所囿，超以象外，心境圆融。然，画家之学禅不当，便忘却画毕竟是手工劳作，懒得下笔墨造型功夫，心手不一，笔法紊乱，仅靠禅语，终为空话。

文人画应该说就是精英艺术，将诗、书、画、印融为一体，且能形成一种风格，这是一民族文化艺术长期摸索出来的财富。孔子说：中人以上可以语上也，中人以下，不可以语上也。有人说，文人画是一种游戏，也罢，我们不参与便罢，既然参与，就得遵守这一游戏的规则。

刘二刚　仰高　69.5cm×17.5cm　纸本设色　2012

高士与高士画

高士与高士画是两回事。先说说高士。

重精神轻物质的高士品格

高士与一般的文人高在见地的不同，取舍的不同。如果把隐士、谋士、逸士都归类于高士，每个时代都有不少，表现程度不同罢了。像伯夷、叔齐不食周粟，最后饿死在首阳山的；像许由洗耳，巢父恐污其犊饮，牵而上游饮之的就显得过迂，而不可思议。那是上古的高士。

古代高士不是简单意义上的"达则兼济天下，穷则独善其身"的文人，兼济天下与独善其身在各朝代是有变数的。如先隐后达的姜太公，八十岁了还在磻溪钓鱼，算是他老来走运，钓鱼得龙。屈原也应算是高士，但太执着了，不如东方朔嬉笑怒骂。大隐隐于朝更难一些，商山四皓虽邀请不动，最后还是抬下山去了。说不简单，也很简单，就是情况都是在变的。诸葛亮在三顾茅庐之前自称卧龙先生，与凤雏先生都属隐士，出山后东奔西走累死了，也不失为高士。元代诗人笑他累死累活何苦要出山呢？此一时彼一时也。

我们概念中的高士多是不与朝廷合作的，关键还要看他心底真实的想法，陶弘景虽隐居茅山，却有山中宰相之称，后人笑他"翩然一只云中鹤，飞来飞去宰相家"。大隐小隐中隐罢了。至今寒食节还在纪念的介子推，当时还剜股肉助重耳，胜利后却与老母躲进山中，宁火焚也不应诏定有原因。张良功成不居，隐于山中读书，为得是以全其身。王维亦官亦隐，提前退休，遁入禅境，作诗作画，似若两人。

唯严子陵不同，一以贯之，不给皇上面子，甘于枯坐高山上垂钓，品格似乎更高些。我想还有许多未记载的无名高士都是失意后对人生忽有大悟的选择。他们不仅是因生不逢时，更主要的是他们骨子里固有的桀骜不驯的气质。为独善其身，宁穷而不肯同流合污。

陶渊明为傲视小人督邮，才当了两个月不到的县令，就挂印拂袖而去，决不为五斗米折腰。嵇康不出仕不说，还与好心来劝他的竹林朋友立下《与山巨源绝交书》，到临死还不知，还要弹一曲《广陵散》。阮籍则是借酒浇愁，佯狂入世，看不惯社会当权的，却叹"世无英雄，遂使竖子成名"。中国魏晋时期高士的做派是很特殊的。他们释放出的独立人格，狂放潇散，傲视权贵，追求自由与尊严的精神，并影响到后世如李白、孟浩然、苏东坡、王阳明等等。在读书求士，人人谋取功名的时代，高士的归隐与逸致，抑或是悲夫！但同时也开拓了中国山林文化、田园文化，对中国山水画的发展也是一大贡献。

今人向后回望是精神的寄托

《兰亭序》说："后之视今，亦犹今之视昔。"古今人情是相通的。正在走向科学现代化的今天，物质虽愈来愈丰富，而精神却愈来愈空虚。科技的飞跃发展，同时负面也处处都在，人的生存空间已像林中鸟、水中鱼，城市的水泥森林不断漫延，吃的水，呼吸的空气都被污染，眼前真的是"五音使人耳聋，五色使人目盲"了，一切要这么快、这么紧张是为的什么呢？于是回归自然，向往宁静的生活，必然会使人产生怀古之情。回望高士精神与他们留下的大量作品自会有许多释怀，

"结庐在人境，而无车马喧。问君何能尔，心远地自偏……"
与古高士对话，正如在炎日之下，吹来一阵凉爽的风。唯内心
充实了，外在的压力方能随遇而安。从而知足常乐，至少会暂
时安抚一下精神疲劳。

命运有时是没办法的，俗话说"不如意事常八九"，情绪
如果是直接的发泄，张扬、牢骚，不可为而为之，其结果却是
对自身的伤害。高士则是内省、自度、自嘲，"狂来说剑，怨
去吹箫"，退一步海阔天空。这也是今天不少人喜欢上高士智
慧的原因所在吧。

画高士画需自我作古

近年来画高士画的多了起来，这跟艺术市场有关吧。我觉
得与其说今人喜欢看高士画，不如说今人更有的是思古之情，
是想解脱一下现实生活中的烦恼，羡慕的是那种超尘脱俗的高
士逸趣、高士活法，从中得以慰藉当下。画画的画高士更应是
心理的需要，画得好不好，在于画家心态感情的指向，首先内
心须有一个高的标准。如只为他人或市场需要，借画高士可附
庸风雅，炒一下还能图名谋利，是为伪高士画也。

画古高士需先"自我作古"，自我作古者，思接千载也。超

然物外也。今之画人实难做到。不能画"老子出关"，总是骑牛，"屈原行吟"总是昂首挺胸，"太白醉酒"总是抱个大酒坛，这已给人产生视觉疲劳。画多必俗，即使画也应翻出别趣来。

中国历史和文学作品已记载了不少高士的逸闻故事，看图识字式的画只是浅层次的。我们在电视上看到的古装剧形象，往往倒胃口，怎么就不如文学作品留在脑子里印象生动呢。要知图像表达有时是吃力不讨好的。若重复前人已有的图式也是抄冷饭，笔在纸上，流水作业，如工艺生产，其画必平庸。

画古高士首先是仰慕他们不拘一格的精神，我画"高士画"是从读古书始，从仰慕到描绘，从写形到夸张，到有所寄托，是兴趣所至。年轻时我喜欢屈原、李白、龚自珍浪漫、狂放、孤高、执着的性格，随着世事看惯，岁月蹉跎，我便偏爱陶潜、惠能和苏东坡，他们处事通达，明心见性，进退乐观，我从《桃花源记》和《赤壁赋》中找到了一种境界，后来偶听侯宝林的相声《关羽战秦琼》，又得到启发，于是我不计较时空的局限以及历史故事的本身。

我所画的大鼻子老头是哪个年代也未尝去分，憨态可掬、大智若愚的样子，是我理想中的符号而已。看的人说，"都是高士啊"，也无可无不可。至于像不像哪个高士，并不重要，因为谁也没有看见过王羲之、没有看见过陶潜、王维、孟夫子等是什么样子，就依各自的认识凭感觉吧。

好的高士画应从画的笔墨处给人以联想。顾虎头"颊上加三毛，觉精彩殊胜"。这"三毛"是画家夸张出来的，苏东坡有论："传神与相一道，欲得其人之天，法当于众中阴察之，"他不主张那种坐对画法，批道："今乃使人具衣冠坐，注视一物，彼欲敛容自持，岂复见其天乎？"今若按院校画法画古人，必让模特穿上长袍大褂，按上假胡须端居写生，岂不让东坡笑煞。

高士已往矣。优孟学孙叔敖抵掌谈笑，致使旁人以为死者又活了，并非是形的一模一样，而是得其意思所在。古趣，古意，贵在不俗，我画古高士也只是一种寄托。面对现实生活中污染、噪音、贪污腐败、天灾人祸……画家何能？聊补当下文化精神之空虚耳。我不喜欢也无能用直接地批判现实的方法，或许是"看到草绳怕蛇了"，而以一种逃避的方式，更能自由地表述自己的艺术主张。我常让笔下的古人闲庭信步，宠辱皆忘，无尘无事无争，过着丰衣足食、太平无事的生活，日出而作，日入而息，或相约酒亭，放浪形骸。或登高观日，说古谈今。所谓高士，心向往之而已。

画画十难

一、不受外界干扰，以情作画，以意作画，忘却名利得失难。

二、笔墨贵精、贵当，由繁入简，由简入繁，最终以简为难。

三、找到自己的表现手法之后，能上升到理论、自圆其说难。

四、在画展面前听人表扬的同时，能听出画外音和真实话难。

五、现在行万里路容易，能静下来观察，从中体悟到东西难。

六、诗书画印的结合不是凑合，将几方面形成统一的风格难。

七、技法多能由生到熟，熟而不能转生则俗，熟后能转生难。

八、将自己画与古人比，与今人比，一旦碰车后主动避让难。

九、雅俗共赏，似与不似之间，说好说，能把握好一个度难。

十、得意时知道自己之不足，失意时不发牢骚，锲而不舍难。

野曠天低樹
江清月近人

二朋近

刘二刚　江清月近人　22.5cm×102cm　纸本设色　2012

《六果图》记

又是新的一年了，好景在前，我正推窗向前看时，忽冒出一个"后"字，好像叫"好景在后"也一样，孰前孰后？中国的文字真奇妙啊。

这天我画了一张"六果图"，题："十年一果，二刚耳顺又写"。岁月递进，便会生一些感慨，十年一果，六果就是六十年，于是我画一株向上的松枝，结着有大有小、有嫩有老、有丰有残的松果，佛教认为，不做一定之业因，亦不会得相应之结果。我要是理论家，会把这"果"说出许多"因"：它或曾经风吹日晒，或曾经傲霜战雪，或曾经虫蛀鸟啄，再妙一点，或这"因"还是夙世所种下的。而这些果又为什么有的结而不发？有的老而不僵？……有说头，这张画就有看头了。也许也有人会说，不就是一个枝儿上几个果子吗，这么简单，有什么好看的。也是，我们为什么画画？画画又是为什么？我的画只是一时所寄耳。

不想多究，冷暖自知，以前的果都认了，我曾经的年代和现在的年代反差太大了，滋味种种，这对从事文艺的似乎再好不过，其实画画时也就是被一时的感情冲动所使，黄公望说："画不过意思而已"。（至于还要什么笔墨基本功，修养什么的真正作画时全都忘了。）这天我也为别人画过画，独留这张可以自己看看。

现在画画的功能有多种多样，一种是为应命所作的"工程式"大作品；一种是为应酬债务，混饭吃的作品；一种是为有感而发，自己遣兴的作品。或问什么作品最有价值呢？那是很难说的。八大画的翻白眼的小鱼，梵·高画的向日葵，当时恐怕都未想到价值。不妨幽它一默，"有心栽花花不发；无心插柳柳成荫。"

我在四十岁生日时也画过一张《四果图》，就是四个墨团团，题道："十年一结实，苦果画四只，剖开亦有味，别人不认识。"其实苦果既有味，也就可以了，不必在乎别人认识不认识。天目山中有一株"大树王"，听说树皮可以治病，于是四方的人便来剥削，后来剥削树皮的人越来越多，这株"大树王"终于死了。这怪谁呢？

梁公任先生说：老年人常思既往；老年人常多忧虑；老年人常厌事。不知怎的，我这人年轻时就喜欢画老头，应该说，老年不但喜欢思既往、多忧虑、厌事，还有快乐和希望。

六十一甲子，一切从头开始多好，《六果图》只是况味而已，人生百年，实只一果。

论"写意"

　　我暂且把"写"与"意"分开来说，"写"是看得见的手段，"意"是捉不住、摸不透的。意从何来，天地之间，本来无诗，一张白纸，本来无画，诗与画全由写意而来。写者，就是在功力的驱使下，自然流露的笔墨变化；意者，就是心字上一个音字，亦即心上之声音，故中国画家很强调"画为心声"。

　　写意早在王维的"凡画山水，意在笔先"中就可看出中国文人画的画旨，他将南齐·谢赫的"应物象形，随类赋彩"升华了，由形而下的追求上升到形而上的追求，就是说将眼中所看到的东西不是马上就去应物、就去象形，而是经过思考，产生意象以后才下笔。一点一画，或浓或淡，都是意的表达，如果这"写"没有一点"意"，这笔墨也就不知所措了。

唐代张璪也是画家，他的"外师造化，中得心源"说，已成为后世画家的经典名言，"中得心源"就是得意，有句成语"得意忘形"。反观今人对画的追求往往是"得形忘意"。这还不都是长期以来受到的以素描为一切造型基础的影响。主要是认识问题，照相艺术已发展到电视电脑，我们的画还要和它争什么呢，比真实就是自不量力。这一点古人早就提出"以形写神"。丰子恺说："画就是画，它不冒充实物也不冒充别人。"这才是中国画的高明之处。自有了文人画，画家便把寄意、抒怀放在首位，独与天地精神往来，把客观存在的东西，通过感受化为自己的艺术语言。借物写意是有一定难度的，虚中有实，实中有虚，这转换的过程也是鉴别一个艺术家的修养深浅厚薄的过程。

杜甫《戏题王宰山水图歌》开头说："十日画一水、五日画一石"，有人误以为说用笔十日五日地层层去画，那不画糟了！他说的应是在作画时对"意象"的经营、壁观或是坐悟，等到得意之后才能下笔。所以说"意在笔先"需要有一个酝酿的时间。唐·司空图《二十四诗品》其第一"雄浑"条，强调提出"超以象外，得其环中"，与张璪的"外师造化，中得心源"可说是异曲同工，由微观到宏观，由宏观到微观，说的都是要超越眼前的局限，去寻求象外之象，去达到一个理想的境界。

　　工笔画是相对于写意画说的，实际上工笔画也非常强调"意"的表达，不过是由于工具材料的局限，写的速度比较慢，给人的是另一种感受。李思训与吴道子画《嘉陵江山水图》，"皆得其妙"。一个数月之功，一个一日之迹，其妙处实在不好同比。好的工笔画和不好的工笔画区别也仍然是"写"与"意"的到位不到位，这之间的捕捉与取舍是很微妙的。

　　时人常会有一种错觉，误以为"逸笔草草"或是"挥毫淋漓"的画就是写意，甚至说是大写意，超写意。写则写矣，弄来弄去这"意"却叫人看不出，这时他会说：你不懂，你去慢慢想吧。这就有点骗小孩了，其实一支笔在小孩手中也知道要表意的。想表达而表达不好与没有想糊弄笔墨颜色是不同的，瞎画、乱画实际上还是心中无意。无意者无情也。故中国画在笔墨造型上忙到一定的时候还非得放一放，非得去看看云，看看山，看看水，读点书，作点诗，写写书法什么的，这功课有人是同时去下，有人是一样一样地来，董其昌五十岁之后才"率意而为"。这"意"到了一定的时候是会自然冒出来的，从而会有"看山是山，到看山不是山，到看山还是山"的妙悟；行到水穷处时，会坐看云起时。只有"胸有丘壑"，下笔才会纵横自如，虽少少许而能胜多多许。

就不会仅在形而下瞎折腾了。

　　各人心性不同，寄托亦不同，在写意画的过程中，前人有一句警言叫"意到笔不到"，它的本意是用笔不能死板，要留活眼，让人的想象去补充。但也会误了"聪明人"以草率和轻狂从之。所以耐看耐品耐把玩的画应是"写"和"意"都能恰到好处。

2011 年初秋月于午梦斋

美丑正名

近来与同行语：今之中国画审美概念模糊，真假美丑浑然一谈，一些评论文章烂用溢美之词，对照作品，实在不当。学术风气日下，因举二十例"不等于"。

浑厚不等于浑浊。

豪放不等于粗野。

潇洒不等于油滑。

清秀不等于轻薄。

平淡不等于寡味。

自然不等于茫然。

华滋不等于粉脂。

朴拙不等于呆板。

工整不等于填描。

天真不等于卖傻。

空灵不等于空泛。

丰富不等于堆砌。

奇谲不等于装鬼。

简练不等于简单。

造型不等于模拟。

经营不等于做作。

夸张不等于离谱。

随意不等于随便。

幽默不等于滑稽。

通俗不等于庸俗。

创新不等于时髦。

古意不等于复古。

透脱不等于弄玄。

气韵不等于渲染。

说"逸"

　　《辞源》解释"逸"字："逸者，不徇流俗者谓之逸"。就画来说，不徇流俗即不拘一格，笔墨随心。与逸有关的多是：清、静、奇、冷、淡、远，而要防止的是：轻、浮、软、弱、平、懦。那些浑浊、油滑、霸悍的笔墨与逸是不搭界的。重逸气的画家大多与世无争，不理会官场和名利地位，然而我们也看到不少画得不好的画，而评论文章却大言不惭，头头是道，与画对不上号，这就是现在的浮夸风，理论与实际差距，便影响了品评的正确理解。

　　逸品是一种高尚的格调，逸气是长期修养自然生成的，画的逸品和逸气往往又是说不清的，是指内容上？笔法上？还是行为上？各人感受不同，而没有相应感受的人又是感受不到的。我以为主要就是一个脱俗，姜白石言作诗："人所易言，我寡言之；人所难言，我易言之，自不俗。"这是要有勇气的。

古人的逸气我们不可能再得，时代不同了，如有意去仿效古人的"逸"就失之于假了。如假的"逸"成了一种时尚的话，便又成了一种流俗。

"逸"还有一种解释就是隐。所谓"大隐隐于朝，中隐隐于市，小隐隐于山林"。古人的这三种隐，于今天的时代是不可能的，唯可能的只有隐于心。既隐不成而又看不惯世俗的争名夺利、拍马献媚，而牢骚满腹，不仅欠修养对身心也是大不利的。

张彦远说的"物我两忘，离形去智，身固可使如槁木，心固可使如死灰"的"逸"，大概主要是指创作态度，全神贯注于画，心无旁骛，仍是今天画家在动笔时应重视的。逸品也有多种，可归纳为清逸与野逸，清逸如倪瓒、弘仁、梅清；野逸如石涛、徐渭、八大，米芾在清逸野逸之间。清逸是将"我"融入自然之中，野逸则与世俗对立，强化自我。无论清逸与野热，最难得的是要在逸之外能见圆通。时代变了，笔墨不得不变，故齐白石化"逸"（冷）为雅俗共赏，大俗大雅。逸而不能圆通是为迂执。圆通不是圆滑，圆通是一个画家对宇宙、人生的化境。

对"逸"的解释失之毫厘会谬以千里，如倪瓒的"逸笔草草"，现在的一些评论会把草率与轻浮的笔墨与之混为一谈。画家释"逸"还是应多从画中印证。今天看画的好坏，"逸品"也并非唯一，至于唐·朱景玄提出的"神、妙、能、逸"，后来人改为"神、逸、妙、能"，再后来又改为"逸、神、妙、能"，次第先后，我看画家不必多究，不要刻意，做到都不容易。从现象来看，官方所提倡的似乎第一是"能"品，能者也就自以为是了。

刘二刚　小鱼也将就　28.2cm×34.4cm　纸本设色　2012

偷些漫画本领

曾有人看我的小品画说：有些像漫画，言下似是贬义。我不讳言，倒是忽有提醒，想想漫画之于国画的差异所在。

查漫画这一词的由来，原来是一种水鸟的名字，李时珍《本草纲目》集解有云："鹅之属有名漫画者，以嘴画水求鱼，无一夕之停。"是一种很辛勤的鸟，不知怎么变成画种了。

明代有一幅《一团和气图》，想得绝妙，画的是虎溪三笑，将儒道释三家合一，题：伟哉三人，谈笑有仪，合而为一，一团和气。大概可算是早期民间漫画，梁楷的《泼墨仙人》和八大的《翻白眼的鱼》，也可属漫画，还有京剧中的脸谱，傩具中的巫神也非漫画莫属，只是那时还未用漫画一词。漫画一词真正的普及应归为《子恺漫画》。1928年连载在郑振铎主编的《文学周报》上，影响很大。以后又在《新民晚报》

上发表，我在孩童时曾临摹过，还临摹过张乐平的《三毛流浪记》，应属连环漫画。

"漫画"一词未确立时也有叫《寓意画》《幽默画》《谐画》的，还有叫《讽刺画》《风俗画》的。顾名思义，这种画本意是重在醒人耳目，简明扼要，通俗易懂。它最大的好处是让人看了图后有所思考，有所启示，可以让人想上半天。今天已落入读图时代，漫画又有称"卡通画"的，而与有着千年的国画相比，有些像快餐，自然也时常失之简单化。

19世纪，社会动荡，文人画逐渐衰弱，许多原因在画家陈陈相因，笔墨毫无生气，内容空泛，多是为画而画。中国画如何创新，如何"笔墨当随时代"？我们从齐白石的画上看到了漫画的东西，如《不倒翁》《人骂我我也骂人》《看你横行到几时》等。齐白石吸收了漫画的夸张，将哲理寓于幽默之中的特长，必有为而作，同时没有忽略笔墨中个性的作用，齐白石很好地把握了这个"度"。

画国画的不妨偷一些漫画的本领，吸取漫画家摄物之所能，一眼能抓住要点，舍其芜杂，捕物见事，敏捷透彻。漫画往往不按常规出牌（这与瞎画，丑化，心中无数是两回事），这是需要独具慧眼的。看丰子恺、关良、马得、黄永玉、韩羽的画都是国画中的冷门，别具一格。

好些画国画的瞧不起漫画家，说他们不懂笔墨，而漫画家自然也瞧不起画国画的没有智慧。我视漫画手段的"生动""寓意""传神"与国画都有相通之处，其题字的"画龙点睛"尤为重要。画国画的吸取漫画要防止不可成为说教的工具，不可走向滑稽或轻佻。如何将这"漫"字用到国画上恰到好处，须因人而异，艺术本有其天性。笔下漫与不漫，本是教不出来的。

日暮蒼山遠　天寒
白屋貧　柴門聞
犬吠風雪夜歸人

劉長卿

二剛書

刘二刚　刘二刚书法　纸本设色　2012

学书我趣

　　我学书的初意是为画画打基本功。"文革"期间，买不到碑帖，偶或发现朋友家有，便借来连夜双勾留存。一天拜访图南先生，见他家挂了一幅字，至今难忘。写的是东汉蔡邕的《笔论》："为书之体，须入其形，若坐若行，若飞若动，若往若来，若卧若起，若愁若喜，若虫食木叶，若利剑长戈，若长弓硬矢，若水火，若云雾，若日月。"书写能有如此妙趣，真是活了。它令人从枯燥的练字中产生趣味，大不同于世俗的米字格描红法。

　　从学国画的角度看，入手写碑可控制下笔的浮滑，图南先生说：碑字厚重，笔画拙，能留得住。但碑的范围很广，而我只爱不规整的一路，尤爱摩崖石刻，如《石门铭》《石门颂》《郙阁颂》《开通褒斜谷道石刻》《杨淮表纪》《衡方碑》

《好大王碑》还有《爨宝子》《供佛造像题纪》《龙门四品》以及我乡《瘗鹤铭》等。真迷过一阵，学而有瘾，从这个碑临到那个碑，方笔圆笔，长锋短锋，也不知兴趣是从哪来的。有《学书诗》为纪：

寝餐汉魏六朝书，悟到妙时笔法无。

剑马声中书变革，清奇拙朴一熔炉。

碑字确是厚重，但厚重的东西往往会呆板，尤其写小字，犹显得笨手笨脚。乘着年轻，又写过一阵帖，如颜字中的《麻姑仙坛纪》和米芾的行书、金农的手札等，意在活脱，矫枉过正。郑板桥有"乱石铺街""雨夹雪"说，他是把正、草、隶、篆结合在一起写，他的破格法教我打开一条思路，就是要"化"。学而能化，要使这字化为自己的，要体现自己的心性，否则一直是为人抬轿子。

认识会加强兴趣，指导风格。

把正草隶篆结合在一起写，也有它的问题，新则新矣，但气会不流畅，不贯气，也就不自然。写字当然最要紧的就是自然流露，不能为新而怪，为写字而写字。认识不到，以做势为美，以像某某家为美，越写越甜熟，再忙也忙不出名堂来。

艺术进入市场化后，常听有买画的人买了画后会说：添一幅字吧。为什么不是买了字后说添一幅画呢？字容易吗？容易是容易，成一家之风格难。有人说我写的字是"儿童体"或曰"画家字"，也不知是好话还是坏话。我的确喜欢儿童写的字呢，不过是学龄前儿童，儿童字好的是天真，不做作，不是我们成年人刻意所能得到的。其实我还喜欢街头巷尾那些随意写的"打气""补胎""租房广告"之类的民间字，专业书法家最要注意的是不能油滑，写字与画画一样，要熟中求生。"生"是什么？各人理解了。

　　有造我假画的，猛一看还蛮像，露馅就出在我那看似"儿童体"的字上，写字最见笔性，点横撇捺，你是你，我是我，要我模仿你也难，难在哪里，毕竟各人"趣"的走向不同，下的功夫不同。

　　随着年龄的老化，我现在的字收敛了不少，越写越呆了，也想写一阵草书，来破一下现状，只是遣兴而已，题画字好像还是拙一点合适。

刘二刚　一线天　69cm×17.5cm　纸本设色　2012

一闲对百忙

近作一联："六十知三享；一闲对百忙。"三享者，一享阳光，二享清静，三享自由。

这三享，缘自六十退休，六十一甲子，退休是有道理的。人生到此年龄，社会需要新陈代谢，人体需要调节保养，这是规律。虽有不服老的染上花发，镶上假牙，可再怎么整容，哪比得上少男少女的美丽活力。此时唯有风度不同罢了。

然而知三享并非易得，看到那些抄着手晒晒太阳，下下棋，听听鸟鸣，聊聊天的老人自是一种幸福。可职业的惯性，我们身子闲了脑子仍在忙，环境清静了思维未必清静，各种虚名，机会来了你怎么处置？手中的笔不听话，画不出自由的画来，能开心么，好在六十后还可有些日子。

我喜欢刘禹锡的《秋兴》诗："自古逢秋悲寂寥，我言秋日胜春朝；晴空一鹤排云上，便引诗情到碧霄。"老来三享实是一种人生的精神转折，是走过一山又一山的回望，是对世俗诱惑的淡化。记得那年汪曾祺先生对年轻人说，你们还年轻，不能像我这么淡，年轻人说，我现在就淡不行么？年轻人不解"淡"是需以经历为代价的。

六十退休，之于画画的其实没什么，我年轻时就不知有星期天、节假日什么的，别人以为痴也好，任性也罢，此中甘苦尽在忙忙碌碌之中。到了四十岁时还给自己打气，说"人生正戏才开始"，怎么一晃二十多年就过去了，与朋友们谈起，大多亦感慨。那时是"红、光、亮，""高、大、全。"看公家脸色作画，是为画而画，根本不敢想什么个性。按说改革开放后，文艺界遇上了好形势，各种形式可以出现，又总是在形式上折腾，点、线、面，黑、白、灰，跟风跟时尚，形式依附在什么上面？很少有人是反求诸己的。此时有必要想想，画了几十年画，画了几张真画呢？

我所说的真，是喜怒哀乐的真性情，是有感而发自觉的画，所谓"自娱娱人"，如自己未娱又岂能娱人，自己未觉，又怎能觉他？六十一甲子，如果说律转又重新开始，返老还童多好。画画不同于交响乐和舞台大合唱，一张白纸就是一个世界，你在这个"世界"里，繁、简、躁、逸，雅、俗、清、狂，纯是自我个人的事，前人说"画为心声"，也没必要说以生命去作画，真诚也就可以了。画好画首先应问一下为什么而画，关键是向外求还是向内求？向外求，必谄媚，必依附，必局促，必不足；向内求，必空明，必自省，必见性，必自由。六十岁还不清醒，也就真没戏了。

孔子有"三十而立，四十而不惑，五十而知天命"说。现在人的寿命长，基因起了变化，不妨放宽十年，六十而知天命吧。所谓知天命就是此时此刻对画以外的虚荣浮华应认知了，"夕阳无限好，只是近黄昏"，对眼前的事要有所为有所不为了。

如今朋友见了面首先都谈起养生问题，于是我又有"六十知三戒"之自警，三戒者：一戒胜，不要逞能，不要争。二戒气，不要生气，不要不服气。三戒哄，哄者，骗也。前二者是养生，容易做到，而被哄往往还不自知。中国有尊敬老人的传统，多数是说好话，哄着你玩，自己有多少水平，多少能力，应当自己有数。

由"三享"想到"三戒"，都归到一个闲字，"闲"说来容易，做到不容易。闲得空虚便寂寞难耐，所谓欲壑难填，还须有禅悟正觉的功夫。以闲对忙，是要慢慢修炼的。有人说，你六十后有些消极了吧，其实画画这行到底什么是消极，什么是积极，很难说的，急行缓行，前头就这么多路，我说的"享受阳光"，正是珍惜时光，而"清静"与"自由"若非能承受寂寞与孤独者是得不到"享"的，此正天赐画家的最佳创作之时。

吾乡一老画家有"难得清闲斋"，是说画好中国画，非闲不能去其浮躁浑浊气，非闲不能得其味外之旨，非闲不能察其平凡中之奇趣。此"闲"字画人若得之，当为一大宝也。

刘二刚　郑板桥卖画　69cm×45.5cm　纸本设色　2012

二刚自刻印

天上人间

耐住清贫

活命之法

天开图画

二刚

二刚

闲章拾趣

搞文人画的人手头都少不了有几十方印。而我手头竟有上百方印，从20世纪70年代算起也有三十多年了。其中大多是朋友刻的。除了姓名印都是"闲章"，闲章本不厌多，难得的是适合自己。

今儿举几方来说说：篆刻高手马士达先生曾给我刻四方印，其一"呆呆"。此印旁人会误为象形的"梅"字，非也。请看边款："二刚兄幼时人呼其小名，称'二呆'，予戏以两呆字施于一印，有公教'二呆'为梅初之指，意何其深玄矣。丁丑老马。"此印为白文，是1997年为我刻的，应属精品。吾与黄惇兄同庚，亦多年老友，一日我们电话中聊起了"壶公"，黄惇兄即嘱我图形，他可制之，不日，果然一挥而就并附长跋云："古有壶公，仙人也，白日卖药于市，悬一壶于座，市罢即跳入壶中,谓:壶中有日月。如世间白香山诗云:'谁知市南地,转作壶中天。'道家以为仙境也,二刚兄作此稿嘱予刻之。奏刀如追风,顷刻而成,似得公相助也,二刚兄珍之,壬申冬月,黄惇识。"此印已辑入《当代名家篆刻精品集》,亦曾用于我的《庙亭山随笔》之封面。另外他还为我制过"门墙外",取甲文金文汉文而得浑然一体,我怎能不珍之。

我另有一方"不简单"印与"门墙外"一样大小,可为一对,此印是请福建画友林容生刻的,边款:"二刚道兄正刻,乙亥夏容生。"为什么请他刻"不简单"呢?那年我们有"新文人画展"在福州展出,我在展厅听人说二刚的画快得很,简单。旁边有人说:你来看呢?晚间正好有人送我印章石头,我即请容生奏刀留念,以"不简单"来调侃一下,亦是告诫自己。不是么,世上有哪一样事简单呢?

我的大多数印是由老乡朱培尔刻的,那时我在镇江画院,培尔在谏壁电厂,他常来我家玩,他给我刻印,我给他作画,现常用的闲章有:"乐道""丘壑内营""虚室生白""梦回年少""多情笑我"等。有一方"有忘",人问:忘什么呢?我笑而不答。因为各人有各人的酸甜苦辣,不说也罢。和培尔在一道的还有一个印建南,自号御风散人,又残玄道人,其实他做事非常认真,我曾请他刻"午梦""午梦斋",他说他刻了不下

铁瓮城
1978 年二刚刻

镇江城三国时又称铁瓮城，余之故乡也。

二十几方，能不教我感动。镇江还有一个刘方明，当初也为我刻过好些印，如"方寸天地""远望楼"等。他后来调扬州八怪纪念馆了。近年又认识了一个北京篆刻新锐程风子，亦能画能书，虽未谋面，已得到他好几方印，有"心向往之""善护念""清奇古怪""心安理得""渐入佳境"等，且石质亦好，俱有印纽，钤用之余，颇可把玩。

我自己亦曾刻印，用刀无法，尚未入门，所刻"五岳归来""耐住清贫""活命之法"，述意而已，印中奥诀与书画一样，不是空想所能得的，自知用功不够。很佩服吴昌硕、齐白石他们自己作画自己刻印，都能得心应手。请人刻印，一种是纪念意义；一种是实用，即刀法要与画风相适应，才相得益彰。

昨天去北京参加"簾风雅韵"画展，在展厅遇荣宝斋萨本介兄，多年未晤，即延至家中，他拿出一锦盒赠我，打开一看，是一方寿山印，上刻一"刘"字。本介兄说：这是他从地摊上买来的，边款署"骆公"，刀法古拙，好像就是为你刻的。我好高兴，这一意外收获，也可说是"缘"字。